講談社文庫

宝島(下)

真藤順丈

JN051507

講談社

宝島

【下巻目次】

宝島

【上巻目次】

宝島
下

第二部

センカアギヤーの帰還

1965-1972

十二　ニライカナイ幻想、ガラパゴス、島の世継ぎ

地上からどんなに目を凝らしても、最果てを見通せないものがある。遥かな空のてっぺんと、海の彼方の行き止まり。

朝から晩まで一日眺めてなくちゃならないとしたら、どっちがいい？

グスクとレイはいつだったか、そんな話題で〝海派〟と〝空派〟に分かれて、譲らずに舌戦をかわしたことがあった。身内や友達にも訊いたところ、大多数が〝海派〟に占められた。ほら見ろ！　グスクはおおいに勝ち誇ったね。だって昼日中から空を見上げるのは、太陽かんかん照りでつらいし、飛びまわる米軍機もうるさくてかなわない。その点、水平線ならいつまでも眺めていられるさ。疲れた目にも優しいし、三線《さんしん》の音が聞こえてくるような沖縄《シマ》のノスタルジアにも浸らせてくれるもんな。

われらが沖縄《シマ》の信仰には、ふたつの神の国があって、それぞれが垂直方向と水平方向に表象されている。雲の上にあるという〝オボツカグラ〟が琉球王朝の権威づけに

喧伝《けんでん》されたのに対して、海の彼方にあるという〝ニライカナイ〟はあまねく庶民の信心を集めてきた。生者の魂はニライカナイより来たりて母胎に宿り、死んでまたニライカナイに還るのさ。豊饒と命の根源にして、祖霊たちが守護神へと生まれ変わるところへ――

たとえば沖縄《シマ》のどの海岸でもいい、夕暮れの砂浜に足を運んでみるといい。あてどもなく海を眺めるおじいやおばあと、なにをするでもなく黄昏《たそが》れている島民たちと行き逢えるはずだ。彼らはみんな、すべての魂が還っていく彼《か》の地に思いをはせている。そこで再会できるだれかとどんな言葉をかわそうか、夢想をめぐらせているのさ。

だけどこんな話もあるんだよ。

天地創造の源泉であるニライカナイからは、良いもの《イイームン》も悪いもの《ヤナムン》も渡ってくるって。

郷土の英雄となる人物を誕生させる一方で、この世にわざわいをもたらす魔物《マジムン》も、悪運や凶兆のたぐいも運ばれてくるって。

それらが幾重にもからまりあって、狭い島のなかで島民たちはさまよい、惑い、離散しあって故郷を逐われた亡命者のように魂の放浪をつづけている。だからグスクやレイやヤマコをとりまく逸話が、この世代の最たる悲劇というわけでもない。もっと悪らつな魔物《マジムン》にとらわれた島民はいるし、嘘のような奇聞や秘話を抱えた年寄りもまだまだ存命だ。だけどこの島のたくさんのとても重要なものと同様に、彼らが彼らの英雄を亡くして、それでもその面影《ウムカジ》を追いつづけた顚末は、島自体の運命と深く結びついたウチナーの叙事詩と信じられている（だからこそこうして語ってきたんだ、すべての語り部《ユンター》たちは時間を往き来して、風の集積となって——現在を生きる島民たちに、先立った祖霊たちにも向けて、語りから出来事を再現する試みをつづけているのさ）。グスクはいまでも、午《ひる》さがりの時間を砂浜で過ごすことがある。水平線に近づけば近づくほどに青く澄みわたる海を望みながら——

遠い遠いニライカナイに、だれもがいつかは還るだろう。

そのとき、伝えたいことがある。

一九六五年の七月、キャンプ・カデナを発った爆撃機が北ベトナムを空爆したことで、インドシナ半島の戦争はいよいよ後戻りがきかなくなった。

それにしてもアメリカってのは、ずっと戦争をしている国だよな。あざやかな緑と水田のなかを米軍が行進する戦場の写真を、グスクも目にする機会があった。

地平線の彼方では枯れ葉剤がまかれ、対人地雷やナパーム弾が農民たちの命を奪っていたそのころ、われらが故郷《シマ》には、重要政策のひとつに〝沖縄返還〟を掲げて内閣総理大臣になった佐藤栄作《さとうえいさく》がやってきた。

「沖縄の祖国復帰が実現しないかぎり、わが日本《くに》にとって〝戦後〟が終わっていないことをよく承知しております――」

那覇空港でおこなわれた演説を、グスクは聴きにいかなかったけど、高級車の大名行列による道路の全面封鎖のおかげでいつも通っている経路が通れなくなって、それだけでなんとなく本土《ヤマトゥ》の首相が嫌いになった。

署のなかでも佐藤首相への反応はまちまちで、よくぞ言ってくれたというものから、施政権の返還要求なんてできるたまかねえといった懐疑の声もやまず、復帰協からは二十年余りの放置への抗議文が発表されて、つまびらかな復帰日程を要求する全島行進にあたっては、琉球警察も警備に駆りだされて大わらわだった。

アメリカも日本《ヤマトゥ》も、おれたちの仕事をこれ以上増やしてくれるなよ、とグスクはしょっちゅうぼやいていた。〝本土復帰〟や〝戦争反対〟を叫ぶ声はひきもきらず、基地があることでこの島まで戦争の加害者になることを拒絶する愛郷者は増えるばかりだった。戦争がお家芸のアメリカのことだから、ベトナムにも最後には原爆を投下するにちがいない。この島にも核兵器を持ちこんでいるはずだ、という通説にはつねに一定の信憑性《しんぴょうせい》があった。おかげで島じゅうに本土復帰・反戦・反基地のプラカードが突き上がり、沖縄《ウチナー》のアイデンティティをめぐるシュプレヒコールがどんなに耳をふさいでも聞こえてきていた、一九六六年の夏のことだった。

追っていた事件の容疑者を挙げて、二週間ぶりに帰宅することができた。家の玄関をくぐるなり、眉間にしわを寄せた姑《しゅうとめ》につかまった。

「あらあ、だれかと思った。だいぶ見とらんから婿《ムーク》の顔も忘れていたさぁ」

さんざん嫌味や小言を向けられて、うへえ、とえずきそうになった。急いで食事をすませて、皿を洗っても、便所を掃除しても失地回復の兆《きざ》しはなかった。

新妻にいたっては、寝室の布団から出てもこなかった。

おじやを枕元まで運んでいっても、「おかえり」とつぶやいたきり、サチコはそっぽを向いてしまった。調子はどうかね、グスクはめげずに一方通行のおしゃべり《ユンタク》をしながら、さりげなく添い寝をして、寝間着のムームーごしに妻の尻を撫ぜた。いまこそ夫婦のふれあいさぁねと鼻息を荒らげたけど、こんなところにワラジムシがいるけどなんで？　とでもいうような妻の蔑視にさらされて、居たたまれずに寝室から退散するはめになった。

あらかたのご機嫌取りはやってしまって、もはや打つ手なし。グスクは居間でひとり晩酌をはじめた。夜も深《ふ》けて、肴《さかな》をこしらえるのも面倒だった。手持ちぶさたになって机の片隅に積まれた新聞や郵便物に目をやっていたところで、三日ほど前の朝刊に、署名も消印もない封筒が挟まっているのを見つけた。

封入された便箋には、こう書いてあった。


グスク、おれは島に帰りついた。

わけあっていまは隠れている。出ていくときをうかがっている。

ヌチ・ヌ・スージの準備をしておいてくれ。


差出人の名前はない。たった三行の文章だった。

それでも驚いて、唇や鼻から酒をこぼしてしまった。

「……だれのいたずらよ」

だれが島に帰ってきたって？　命びろいの宴会《ヌチ・ヌ・スージ》を準備しろなんて言うのは——

連れていかれた離島で亡くなった親友《イイドウシ》が、あれだけ盛大な〝島葬〟で送りだされた親友《イイドウシ》が、いまになって帰ってきたって？　そんなことがあるはずなかった。もしも本人ならこんなまどろっこしくてもったいぶった真似はしないで、顔を出して友や家族との対面を選ぶはずじゃないか。親友《イイドウシ》は死んだ。それなのにこんなかたちで過去を蒸しかえすだれかの魂胆が、グスクにはまるで知れなかった。こんなことをやらかしそうなやつといえば——

「おれが留守のあいだに、だれか訪ねてこなかったかね。なにか変わったことは？」

あくる朝になって家族に訊いてみても、ふたりとも心当たりがなかった。おかげで朝食をとっていても、草むしりをしていてもうわの空になった。数年前に耳にした〝島内潜伏説〟も脳裏をよぎったけど、あれは根も葉もない噂《アンジャランクトゥ》にすぎなかったはずだ。すべては決着がついたことだった。いまさら過去に引き戻されたくはない。

だけどこんなことをした人物は、そうは思ってないということか。送り主を探ってみようかという気にもなったけど、すぐに脳裏から追いはらった。ちょうどこの日は外せない約束があった。午《ひる》すぎにいそいそと身支度をしていたところで、お出かけかねと姑につかまった。こんなときにかぎってサチコも寝室から出てきて、

「あんたの父《ス》ちゃん《ー》には、どうしてもわかってもらえんね」お腹の子に言うようにしてグスクに言うのさ。「埋めあわせで家の掃除や草むしりなんてしているうちは、たぶんいつまでたってもわからんよねえ」

出かけしなのすったもんだ《ウームサゲーイ》もおなじみになった。どうして非番の日ぐらい家にいられないのかとぼやき呆れるサチコに、おれだって身重の妻を放っぽりだして出かけたくなんてないさと言い訳《カサギンチュ》をつらねて、逃げるように自宅をあとにした。

「遅いぞグスク、君たちはいつになったら時間を守ることの大切さを学ぶんだ」

「アイム・ソーリー。所帯を持つとやむにやまれない事情があるのさ」

「ヘイ、家族を持っているのは君だけじゃないぜ」

軍司令部《ライカム》で顔をあわせたアーヴィン・マーシャルは、出会ったころからまったく外見が変わっていない。短い金髪は刈りそろえられ、老いとも贅肉《ぜいにく》とも無縁だった。だけどこの〝友人〟がどんなに昔のままでも、マーシャル機関をとりまく環境はたえず変化している。ベトナムへの軍事侵攻がこの官僚から涼しげな笑顔を奪っていた。

佐藤栄作がどんなに息巻いたところで、アメリカが基地の島を手放すことはなさそうだ。飛びかう銃弾、斃《たお》れる戦友、サイゴンやハノイの現実を目の当たりにした米兵たちは帰島してから酒や麻薬に溺れ、島の女たちで憂さを晴らす。おかげで米兵犯罪の発生率はふくれ上がり、強姦や暴行の被害数は表立つものだけでも三百件はくだらない。特命捜査で心身をすり減らし、容疑者をいくら追いこんでもきりがない。税金のかからない俸給も出ていたけど、グスクは定例報告もそっちのけでぼやかずにいられなかった。

「おれたちも付き合いは長いけど、あんたが妻帯者なのかも知らないよなあ」

「こういう仕事だからな、私生活《スー》には立ち入らないのがおたがいのためさ」

「おれはもうすぐ父親になるのさ。それであんたを人生の先輩《シージャ》と見込んで、いろいろと相談に乗ってもらいたいんだけどね」

「わたしは結婚しているが、子どもはいない」

「だったらつわりの重い女房をどうあつかったらいいかは指南してもらえんね。数ヵ月かそこらで結婚《ニービチ》が危機におちいっている男の歯がゆさはわかってもらえんか」

すっかりグスクは倦《う》んでいた。倦みきっていた。あまりの忙しさで疲労困憊《ひろうこんぱい》、あげくにこのままじゃ離婚もされかねない。琉球警察とマーシャル機関、ふたつの捜査の反復のなかに生きる毎日には、とっくのとうに限界が来ていた。

これまでにも「特命捜査から手を引かせてくれ」と申し出てきたけど、そのたびに島の女子供の安全をひきあいに道義心をくすぐられ、アーヴィン一流の巧言で抱きこまれてきた。ところがこの日にかぎっては、アーヴィンの反応がちがった。グスクの当てこすりに苦々しい表情を浮かべながら、ややあってバインダーに挟まれた書類を渡してきて、

「わかってるさ、いつもの君の陳情だろう。たしかに君には長いこと働いてもらった。家族と過ごす時間も大事だろう。だからこうしないか、あとひとつ仕事をかたづけてくれたら、長期休暇というかたちで希望を聞こう。組織の性質上、連絡を欠くことはできないが、捜査活動からはしばらく離れてもらってかまわない」

渡された資料には、沖縄人《ウチナンチュ》二名の死亡に関する報告書や新聞記事がまとめられていた。ひとりは糸満《いとまん》の自宅で発見され、麻薬の過剰摂取によるショック死と検視結果が

出ていた。もうひとりは今帰仁《なきじん》のガジュマルの枝で首を吊っていた。中毒死と自殺。変死者《キガズン》ふたりの関係に言及している記録はない。どちらの地区にも基地や軍事施設はなく、しかもふたりとも中年男、そうなると米兵が関与している可能性は低い。アーヴィンが食指を動かすような事件ではなかった。

「首を吊ったほうは、タカ派の英字新聞の記者だった。もうひとりは軍雇用員の民間人。このふたりは、古くからのわたしの〝友人〟だった」

アーヴィンは生前のふたりを知っていた。マーシャル機関が発足したころからの子飼いの諜報員、つまりはグスクのご同輩だった。ふたりともアーヴィンの特命にもとづいてそれぞれの経路と調査方法で、この沖縄《シマ》にはびこる大麻やヘロインの密売組織について、その流通経路や密輸方法を含めて探っていたっていうんだな。

「彼らはふたりとも、君とおなじように秘密の〝友人〟だったが、君とおなじように顔のない存在ではなかった。こっちの彼はカントリー・ミュージックが好きでね。中古のレコードを買ってきてはコマツさんに訳詞を頼んでいた。もうひとりはいらないと言っているのに、自分で栽培したという苦瓜《ビター・ゴード》を何度も差し入れてくれた。あれは食べきれなかったな」

アーヴィンは眉根に怒りをためていた。使い捨てがきく駒のように諜報員をあつかう男ではないことは、これまでの付き合いでもよくわかっていた。

「ふたりがふたり、特命捜査のさなかに不審な死をとげたんだ。調査対象にその動向を嗅ぎつけられて、事故や自死に見せかけて殺害されたと判断するしかない。グスク、君にはこの任務を引き継いでもらいたい」

「あんたも親切な男だね、交換条件がこれかよ」

「前任者が集めた情報をもとに、元締めの特定にあたってくれ」

「おれまで変死者《キガズン》で見つかったら、女房が父なし児を産むことになるなあ」

「わかっているとは思うが、大陸から入ってくるハシシやヘロインは帰休兵の凶暴性をあおる燃料になっている。主要な販路をひとつでも断つことができれば大きな成果につながる。油田の火事のようなこの島の惨状を憂うものなら、無視できる案件ではないはずだ」


「アーヴィンにとって、君は代えのきかない存在ですからね。ほかの〝友人〟の訴えに耳を貸すことはまずありませんから」

アーヴィンの通訳を務めているとき以外にも、小松《こまつ》にはよく基地周辺の聞きこみに付き合ってもらっていた。乗ってきた車を路肩に停めたグスクは、さっそくコザの特飲街をめぐって麻薬がらみの情報収集にあたった。

本土復帰とベトナム戦争。このふたつが大きな潮目となって、コザではいっそう暴力と騒乱が幅を利かせるようになった。白人兵たちはロックンロールやウィスキーを浴びながら路上で大麻の煙をくゆらせ、徒党を組んだ黒人兵たちが夜陰から現われてはネオンサインをまたいだ夜陰に消えていく。特飲街のなかでも白人と黒人の棲《す》み分けができていて、両者はそれでもことあるごとに流血沙汰の騒ぎを起こす。もっとも価値の安定した通貨のように出まわる麻薬の中毒になって、無謀運転の車で通行人をおびやかし、熱帯雨林の鳥のような叫び声《アビーグイー》をこだまさせていた。

そんな路地をひとすじ外れるだけで、英語の看板は〝本土に還ろう〟〝戦争反対〟といった横断幕やのぼりに取って代わられる。地元の基地がベトナム攻めの拠点となることに拒否反応を示す島民たちの声が、米兵の喧騒とからみあい、たがいにせめぎあいながら高まっていく。つくづくこの街は独自の進化をしていますね、と小松が言った。ちょっと街頭を歩くだけでガラパゴス島で生態調査をしている学者の気分を味わえますよ。

「おれたちは珍獣あつかいかね、日本人《ヤマトンチユ》よう!」

あんたらが言うには皮肉が利きすぎてやしないかね。出会ったころとくらべたら小松も気安い言葉を吐くようになった。こちらでの仕事が長くなりそうなので、本土《ヤマトウ》の故郷から思いきって年老いた母親《アンマー》を呼び寄せて、瑞慶覧《ずけらん》で一緒に暮らしはじめたという。沖縄《ウチナー》にやってきて十年を超える通訳は、そこらの島育ちよりもよほど土地の事情に通じていた。

「それにしてもグスク、どうやって情報網をひろげたんですか。このところはおれの同行も必要ないぐらい英語も上達しているようだし」

「あんたらと何年も付き合ってたら、軽いおしゃべり《ユンタク》ぐらいできるようになるさ。それから情報源については秘匿が原則、そうやさ？」

「脂が乗りきっているということですかね。政府の上には現地の協力者を警戒するむきもあるようだから、極端な言動は控えてもらいたいんですけどね。独りものにはわからないんだが、新婚生活はそんなに大変なんですか」

　職業柄、小松は聞き上手だった。グスクはつられて愚痴をこぼした。ご飯粒から風呂の残り湯にまで染みこんだサチコの不機嫌さ。姑のプレッシャー。留守のあいだに捨てられるグスクの私物や郵便物……と、そこまで話したところであの手紙のことを思い出した。喉元まで出かかったけれど、明かすのはやめておいた。

「……なあ、そういやあいつは、煙男《キブサー》はどうしてるね？」

「おれの知るかぎりでは、軍司令部《ライカム》でもこれといって噂は聞こえてきませんね」

「これだけ反米運動が盛んになれば、あなぐらから出てきそうだけどなあ」

「ポール・キャラウェイの後継者は宥和《ゆうわ》政策を取ってますからね、おおっぴらに思想を弾圧する時代でもなくなってきたのかもしれません。だけど、どうして急にあの男の話を？」

わずかな数日間で、墓場まで忘れられそうにないトラウマを植えつけた日本人《ヤマトンチュ》。グスクにとってダニー岸《きし》は、いまでも悪夢の領主のような存在だった。あのキャラウェイ暗殺未遂がかたづいたとたんに忽然《こつぜん》となりをひそめて、動向のいっさいは察知することができなくなった。だけど例の手紙が届いてからというもの、このガラパゴスでもっとも稀少《きしょう》かつ獰猛な 獣《イチムシ》がまたぞろ這いだしてきそうな背筋が寒くなる予感もおぼえていた。

「グスク、またそっちを嗅ぎまわるつもりじゃないでしょうね」

あれは決着のついた話でしょう、と小松は言った。手紙のことは伏せておいた。島の英雄にまつわる風説とともに、煙のように現われる男を警戒していることも胸にとどめた。なにかがまた始まっているような気がしてならない。いざというときに活路を確保するためにも、あの手紙の出どころは探っておいたほうがよさそうだった。

那覇についた車から小松は降りなかった。よりによってあの連中に会おうだなんて、どうしても行くというならおれは待機します。待機しますってば！　梃子でも動こうとしないのでグスクはやむなく単身でビルの階段を上がった。

変死したふたりの〝友人〟は、どちらも島のごろつき《アシバー》が麻薬密売にからんでいるようだと報告を上げていた。証拠もなしにごろつき《アシバー》が密売や殺人を認めるはずもなかったけど、あいさつがわりに顔をあわせておきたかった。

「あんたのことは、よく知っているよ」

案にたがわずグスクは歓迎にあずかった。応接室につめかけた大勢の男たちは、色黒のウチナー面《ヂラ》に動脈を浮かせて殺気立っている。グルクン釣りでもしているように長閑《のどか》な気配を保っているのは、対座した又吉世喜《またよしせいき》だけだった。

あのタイラとは昵懇《じっこん》の仲で、暗殺計画を共謀したとされる那覇派の首領。琉警本部にも警戒される第一級の危険人物《ウカーサン・ヒンジャー》。その部下たちがグスクを血祭りに上げたがっているのは、タイラの仇と見なしているからだ。

あの夜、初めて人を撃った。

廊下でのにらめっこ《ミークーメー》が、殺到した憲兵《MP》たちに破られて、キャラウェイを仕留めそこなった実行犯は逃走に転じた。弾幕を張りながら建物を脱出し、曲芸《ホーカー》めいたハンドルさばきで包囲網を突破して、国場川《こくばがわ》の河岸に向かった。船で海に出るのが一味の逃走計画だった。追跡の一番槍《いちばんやり》となったグスクは、乗船の直前でタイラに銃を向けた。敏捷なもうひとりにくらべて、片脚をひきずるタイラは遅れていた。ところが投降を呼びかけても、ためらうことも臆することもなくタイラは撃ち返してきた。最後までその強靭《きょうじん》な意思を島の脱出に向けていた。

あれほどの捕り物は、後にも先にも経験していない。タイラはそこらのごろつき《アシバー》とはちがっていた。その最期を看取ったのはグスクだった。

「あんたらは知ってるかね、あの人の遺品にはすりきれた母子《おやこ》の写真があった。本土《ヤマトゥ》で暮らす妻子のところに行きたがっていたみたいだな」

あの夜、グスクが撃ったのは、アメリカに弓をつがえた民族主義者であり、猛々しい反体制分子であり、ひとりの孤独な父親《スー》でもあった。タイラはその不屈のまなざしの先に、家族とともに在る風景を映そうとしていた。おだやかな声が聞こえるその場所を、睦《むつ》まじい親子のつながりを、うたかたの永遠を――グスクが初めて射殺した男はそのすべてを、最後のまばたきのなかで視ることができただろうか？

タイラの妻子には、小松の伝手を頼って写真と訃報を届けてもらった。そこまで話したところで又吉が片方の眉をもたげた。うつむいて語っていたグスクが、隠しきれないほど涙や洟を漏らしはじめたからだった。

「あんた、それは……タイラさんのために泣いてるのか」

おれは泣いてない。泣いてませんよ。そんなぶざまな姿をさらすわけないさ、よりにもよってごろつき《アシバー》の前でべそをかくなんて！　だけど認めたくはなくても顔はびしょびしょ。妊娠五ヵ月の妻がいるから身につまされるのか、離婚の危機感にも涙腺を責めたてられている。このままいけばグスクだって、タイラとおなじ晩節をたどるかもしれないのだ。

酔狂なことに又吉は、涙もろい刑事をおもしろがっているようだった。みっともない醜態をごまかすためにもグスクは本題を切りだした。糸満と今帰仁で起きたふたつの事件のこと。変死した被害者がいずれも麻薬の密売組織を調べていたこと。おれたちを容疑者《ホシ》あつかいか！　応接室にはたちまち片張り太鼓《パーランクー》を乱打するような怒声が飛びかったが、又吉には動揺するそぶりもなかった。

「おれたちとおなじかそれ以上に、あんたらは縄張りにうるさいはずやさ。あんたに命令しとるのはコザ署の署長じゃないってことかね」

「そのへんは、うやむやにしておいてもらえるかね」

「タイラさんのために泣けるあんたになら、情報をくれてやってもいい」

「そりゃありがたい、泣き真似《まね》もしてみるもんだな」

「あんた、辺土名《へんとな》って男は知っているか」

「コザ派の幹部だろ。もとい、暖簾分けしたんだったか」

「あいつはコザを離れて、仲介者と組んで沖縄《シマ》で麻薬をさばきまわっている。那覇でもコザでも薬物がらみのシノギはご法度《はっと》だったんだけどな」

「たしかにあんたにも、コザの親分《ターリー》にもそういう節度はあったよな」

「ところがあいつには、それがない。麻薬密売だけやあらん。デモ荒らしでも人さらいでもなんだってやって抗争《ソーロー》の軍資金を稼いでいる。あんたの同輩《ドウシ》たちが麻薬方面を追っていて消されたなら十中八九、辺土名が噛んどるはずやさ」

数年にわたった〝いくさ世《ゆ》〟の経緯は、グスクも島の警官として知っていた。報道には載らなかったが、あの暗殺未遂のあとで軍司令部《ライカム》は琉球警察とともに壊滅作戦を展開して、コザと那覇で百人を超える構成員を検挙した。

これによって全面戦争《ウーソーロー》は幕切れとなったが、平穏がつづいたのは片時のことだった。長びいた抗争《ソーロー》で同胞を亡くし、恩給にもありつけなかったごろつき《アシバー》の不満は上層部へと向けられ、揺らぎない紐帯で固まっていた組織に亀裂が入っていったのさ。

那覇派でまずは内紛が起こった。配下をつれた筆頭幹部たちが〝普天間派〟の看板を掲げた。おなじころにコザ派から離反して、東海岸の出身者とともに〝泡瀬《あわせ》派〟を興《おこ》したのが辺土名だった。こうして第一次抗争《ソーロー》の終結から一年とたたずに、四つの組織がぶつかりあう第二次抗争《ソーロー》の幕が上がった。泡瀬派を率いる辺土名は、領土の分譲をめぐって揉めていた喜舎場《きしゃば》の親分《ターリー》の車に銃弾を撃ちこんだ。たくさんの血が流れたが親分《ターリー》はからくも一命をとりとめ、しかるのちにコザ派を上げての報復に転じて、泡瀬派に与《くみ》するものにかたっぱしから急襲をかけていった。

覇権の野心をたぎらせて、恩義ある親にまで牙をむき、辺土名はみずから泡瀬派を見境のない武闘派にしたてていた。那覇やコザで子分を暴れさせ、要人をさらい、見せしめに恋人《ウムヤー》や家族にも手を出して、犠牲者たちを街頭でさらしものにした。ついには又吉の側近を撃ち殺すという暴挙におよび、コザと那覇とを完全に敵に回した。普天間もこの動きに同調して、コ・那・普の包囲網によって泡瀬派は追いこまれた。所属するものは情け容赦のない襲撃にみまわれ、出頭というかたちで警察に逃げこむものまで出てくるありさまで、辺土名たちは雲隠れせざるをえず、事実上の解散の憂き目にさらされていた。

　骨肉相食《は》むような抗争《ソーロー》のさなかにあって、隠れている辺土名を公権力にも追わせようとしているのか。この又吉と向きあっていると、ほかにもなにか魂胆があるのではと勘ぐりたくなってくる。油断のならない男だった。

「ところで、あんたの話にはあいつがまるで出てこないよなあ。あんたとタイラがつるんでたもうひとりの、コザのやさぐれもの《ジャーフエームン》が」

「ああ、あんたもたしか戦果アギヤーだったな」

「知らんわけないよな、あいつを」

「おれがこうして話をしていられるのは、あの男のおかげよ。あの強運には何度も助けられた」

「こっちは昔から、尻ぬぐいさせられっぱなしさ」

「親しかったなら、あれの兄貴《ヤッチー》のことは聞いてるな。離島で真相をつかんでからのあいつは、だれにも手綱をつけられない正真正銘の放蕩者《アギ・ヌ・フリムン》になっちまった。おれたち俗物のおよばない領域にひとりで足を踏み入れたのさ」

ここ数年の足跡までは知らない、と又吉は言いとおした。

おまえまで消息不明《ムヌマイー》かよ、なにからなにまで兄貴《ヤッチー》の真似をしやがって。

どこでなにをしているのさ、レイ？

あの夜、離岸した逃亡の船に、グスクは橋の上から飛び乗った。甲板で取り押さえたもうひとりの主犯格は、レイじゃなかった。

振りまわすナイフにも冴えがなかった。手錠をかけるときにもまるで手応えがなかった。見慣れない瞳、聞きおぼえのない声、むしりとった覆面の下から現われたのはハコガメにそっくりの皮肉屋《ヒンサー》の顔だった。レイじゃなかった。

服役中のテラスによれば、直前になってタイラがレイを外すと決めたという。あえてレイだけに実際と異なる日時を教えていたんだな。離島でつかんだ兄《ヤッチー》の訃報に心を乱し、捨てばち《アッパンガラー》になっているのをタイラに見抜かれたということか。どんなに役に立つ男でもあれでは使えないとタイラは言っていたらしい。結果としてレイを捕えきれず、グスクは島の運命をすくいあげる千載一遇の機会をつかみ損ねた不全感にさらされた。あの日あの夜、グスクにとって大事だったのは、その手でレイを捕え、レイと話をすることだった。

あれから今日にいたるまでその消息は知れない。正真正銘の放蕩者《アギ・ヌ・フリムン》、と又吉は言った。あいつはいまも兄《ヤッチー》の喪失を受け容《い》れられず、理性と狂気の境目を越えてさまよいつづけている。あのタイラとも似ているようで、タイラを超えたところにまで踏みこんでいる。幸福な家族の幻影にはまりこんで戻ってこられなくなったその生きざまは、ありえたかもしれないもうひとつの自分の人生のようにグスクには思えてならなかった。

とにかく辺土名とレイだ。コザのはぐれものふたりを追わなきゃならなかった。

ああくそ、楽をさせてはもらえんなあ。

ぼやきながらグスクは、ごろつき《アシバー》の眼光に見送られて事務所をあとにした。

すると外で待っていた小松が、街の若者たちと言い争いをしていた。事務所に入っていこうとした彼らを小松のほうから呼び止めたらしい。ごろつきの使い走り《アシバー・ニーシェー》。ならずものの世継ぎたち《ヒンジャー・ヌ・グヮー》。十代なかばのやさぐれ者たち《オージャーニーシェー》のなかに、グスクも知った顔が交ざっていた。

「おまえ、こんなところでまだ小遣い稼ぎ《グマジン》してたのか」

沖縄離れ《ウチナー》した風貌に、基地の島特有の濃い陰影。すでに大人と背丈は変わらない。黄金色のミンサー柄のシャツを、ボタンも閉じずに羽織っている。

おいらはあんたを知りません、人ちがいやあらんね？　すっとぼけて建物に入ろうとしたウタを、グスクは路地の片隅に引っぱっていった。

「補導するぞ、ごろつき《アシバー》のヤサなんかに出入りして」

「そっちはあれだろ、タイラさんのことでごめんなさいしにきたんだろ」

「さっきから言ってるでしょう、グスクが謝るすじゃない」小松が諭そうとする。

「彼は政府にかけあって重大犯罪を阻止した功労者なんだから」

「又吉さんは懐が深いからな、命びろいしたね」

「なんて言いぐさよ、又吉たちがおまえの身内みたいやさ」

「グスクだって、おいらの親兄弟《ウヤチョーデー》やあらんがあ」

「この野郎、反抗期か！」

「ここの人たちは、アメリカーの言うなりにならんもん」

持ち前の人懐《ひとなつ》っこさや能天気さのなかに、ウタは警察や米民政府への反感をのぞかせていた。もう十四歳ぐらいになったか。ギターや三線に夢中になって、みずから曲や詞を書いたりしていると聞いていたけど、ごろつき《アシバー》とも切れていなかったのか。

ただでさえ思春期の情熱をもてあました若い連中が、故郷《シマ》でまっさきに目の仇にするのはアメリカーと米軍基地だ。みずからの出自についても想像ができるだけの齢になり、ウタはウタなりの反米感情をこじらせている。そんな危なっかしい少年を、暗殺計画の主謀も疑われる危険人物《ウカーサンチュ》のもとに出入りさせるわけにいかなかった。

「みんな忘れちゃうだろ、デモなんかでしゃかりきに怒っても、大事なことはすぐに忘れちゃう。グスクだってアメリカーに尻尾を振りすぎて、昔のことは忘れちゃったんだろ、うっかり子どもこさえて結婚《ニービチ》しちゃってさ」

「ああん、そんなことはいま関係あらんがあ」

「婦警をはらませたろ、このド助平」

「生意気《ナマチ》さんけえ。おれの結婚《ニービチ》は、大恋愛《ウフクイ》のすえの結婚《ニービチ》やさ」

「おいらにもご祝儀《しゅうぎ》よこせ、けちんぼ《イビラー》！」

そういやこいつが突っかかってくるようになったのは、おれが入籍したころからだったなとグスクは思った。つまりウタは気に入らないのか、おれが幼なじみとの関係を修復しきれず、ほかの女と一緒になったことが？　アメリカの犬《イングワ》への反感に輪をかけて、私生活にも大人の欺瞞《ぎまん》のようなものを嗅ぎつけて、頬をふくらませて非難をつらねているのかもしれなかった。


数年がすぎてもグスクは、そのことばかりを考える。

レイが行方をくらませるとともに、ヤマコまで遠ざかっていった。

グスクはグスクなりに、ずっと一緒にいられるのは自分だけだと信じていた。なんといっても数えきれない困難をふたりで乗り越えてきたんだから。警官になるまでのしごきや徹夜の勉強。ヤマコの教員試験。どちらかが過去の悪霊《マジムン》にやられてげっそりしているときでも、もうひとりが松葉杖《まつばづえ》になってしのいできた。だからある時期から生まれたぎこちなさも解消できると信じた。信じてなんでもやった。長い手紙を書いたし、一生ぶんの〝なんくるないさ〟を連呼したし、悪いことのすべてをアメリカーや戦争のせいにしたし（もっとさかのぼって琉球処分のせいにしたこともあった）、ヤマコの家の前で座りこみのデモを決行したし、仕事終わりに近所を無駄に歩きまわったこともあった（手錠をかけた粗暴犯《ナムジヤー》にわざわざ付き合ってもらって！）。数年をかけてやれるかぎりのことはやったけど、それでも一緒にいられなかった。おかげでしばらくは人生最悪の精神状態におちいった。あんなラフテー女はくそくらえだと思ったり、酔いにまかせて婦警を口説いたりした。カーキ色のハロー帽がよく似合うサチコは、以前からグスクに好意を寄せてくれていて、くりくりの目が可愛かった。健康な肢体がまぶしかった。父親《スー》になるんだよと告げられたときには、おれは生まれ変わろう、女房と子どもを幸福にすることにこれからの人生を捧げよう、あいつのことは二度と振り返らないと誓ったはずだった。

おまえはしょっちゅう会ってるんだろ、あいつはどうしてる？　と喉元まで出かかった言葉をグスクは呑みこんだ。ヤマコのことを考えずにいられる日はまだ一日もないことをウタに悟られたくなくて、もうひとりの幼なじみのことを話題に上げた。

「おまえになにか言ってなかったか、連絡はないのかよ」

「レイのことなんて知らん」

「又吉とレイをつないで、連絡係《ホートゥ》でもやっとるのやあらんね」

「だれがやあ、おいらたちのことを放っぽって、レイなんてミジンコの餌になったらいい」

ずいぶんとむきになって突っぱねる。なにかをごまかそうとしているのか、もしかしたらウタはグスクにもましてレイに怒っているのかもしれない。

「やったらならんことをしたのさ、レイは」

はずみでウタが口走った言葉を、グスクは聞き流さなかった。

それはどういう意味よ、やったらならんことって？

グスクがひそかに勘ぐってきたことを、ウタもウタなりになにか嗅ぎつけているのかもしれない。

振り返ってみれば、あのころそれなりの覚悟はできていた。だからこそグスクは親友《イイドゥシ》の悲報にも大きく崩れたりしなかったし、ヤマコにだって心の準備はできていたはずだ。

それなのにレイが戻ったあのころを境に、なにもかも悪いほうに潮目が変わった。ヤマコはなにがあっても事情を語らなかったけど、レイをとっ捕まえたら詮議したいことの先頭にその質問はあった。おまえ、あいつになにかしたか？

「だけどグスクが、レイを追っかけまわすのはおかしい。友達《ドウシ》を追っかけとらんでアメリカーの変態と人殺しをやっつけなきゃならんがあ！」

グスクと小松のあいだをすり抜けると、ウタは小走りに路地を去っていった。「難しい年代ということですかね」と小松が嘆息を漏らした。

もしかしたらウタはこう言いたかったのかもしれない。グスクがヤマコと離れて、レイもヤマコと離れて、グスクがレイを追っているのが我慢ならないんだと。三人がてんでんばらばら《ナーハイバイ》に生きているのがもどかしくてしかたないのだと――だけどな、ウタ、そればっかりはおれたちにもどうにもならなかったのさ。

十三　聖夜の贈りもの、怒れる教師たち、大審問

消印のない手紙は、グスクへの一通だけでは終わらなかった。

おなじ年の十二月、別の島民のもとにも届けられたのさ。

毎日の授業を終えると、復帰協や教職員会の事務所へと足を運んだ。どちらの本部でもひっきりなしに電話が鳴っていて、反戦を訴えるポスターが壁に貼られ、同志たちが座りこみや抗議集会の計画を立てている。ヤマコの仕事そのものは、運動を始めたころから大きく変わっていなかった。そのときどきでいちばん問題になっている事案について、ビラを書き（陳腐な紋切り型にならないように気をつけて）、署名嘆願を集めて、琉米政府への働きかけ《カキエー》を段取りする（おかげで政府の窓口担当者はみんな顔見知り）。本土《ヤマトウ》や立法院の議事録、政党や組合の趣意書を読みこんで、来客があればようこそいらっしゃい《メンソーレー》と応接室に通した。

「ずいぶんとたくましくなられましたね。その美《ちゅ》ら瞳《み》を真っ赤にしたあなたが、屋良《やら》さんに連れられてきたときのことはおぼえています。いまではすっかり、復帰協にも教職員会にもなくてはならない人になられて……」

　年の瀬もせまったその日、陣中見舞いにやってきたのは瀬長亀次郎《せながかめじろう》だった。敬愛する人民党委員長と握手をかわしたヤマコは胸が熱くなるのをおぼえた。あたしたちはみんな、亀さんの背中に励まされてきたんです。

「大変な時期ですから、あなたもお忙しいでしょう」

「ううん、なんでもありません。思想信条を縛りつけるような法案の成立を許せませんから」

「来年の頭には本会議にかけられるようだ。教公二法案が通ってしまえば、復帰運動そのものが立ち遅れることになるでしょう。大事なのはわれらが一枚岩になることです。こんなときこそあなたのような人が必要だ」

「亀さんに来ていただいて、みんなの励みになると思いますよ」

「コザのジャンヌ・ダルクどの。わが党の書記長になってもらいたいぐらいです」

「あひゃあ、お世辞はやめてください！」

このころのヤマコたちは、教員をがんじがらめにする鎖の束縛をひきちぎろうと奮闘を重ねていた。島の教員の政治活動を縛る〝地方教育区公務員法〟と〝教育公務員特例法〟の二法案が保守政党から提出されていて、これが可決されれば、島の教員はデモに参加するだけで職を失いかねない（われらが沖縄《ウチナー》の小中学校の教員には、これまで身分を規定する法案がなくて、そこで身分の保証とともにデモや争議行為を禁じてしまおうというのが法案の狙いだった）。それこそジャンヌ・ダルクではないけれど、この島の教員たちは復帰運動の旗振り役であり、主力といってもいい存在になっていたので、屋良朝《ちょうびょう》苗も瀬長亀次郎もそれからヤマコたちも、教公二法案の決議阻止は大きな分水嶺《ぶんすいれい》になるとまなじりを決していた。

「明日はクリスマスですか」瀬長亀次郎が言った。「アメリカと争議しながら、アメリカの神さまの誕生を祝うというのもおかしなものだが、あなたはご帰宅を？」

「あたしは子どもたちと過ごします。プレゼントも用意しなくちゃならなくて」

「それはいい。最高の祭日の過ごしかたやさ」


アメリカの児童福祉会が出資したキリスト《ヤスー》教の孤児院でなくても、島じゅうの児童養護施設でクリスマス会はおなじみの行事になっていた。プレゼントの買い出し、食事や飾りつけの準備で、ヤマコは今年も働きもの《アガチャー》になる。首里《しゅり》の施設とはコザの孤児たちを受け入れてもらってからの付き合いで、四季折々の行事ではもろもろの手伝いを買って出ていた。

「よーし、あとは味を調えて、弱火で煮こんだらできあがりね」

「クッキーも焼けたみたい。もうすぐ始まるのにニイニイは遅いねえ」

「出かけたら、ちゃー帰らんねえ。どこにいるか知らんの」

「ニイニイだけの秘密の場所。いっぱいあるんだよ。あたしにも全部は教えてくれん」

ほかの子のようにツリーの飾りつけに群がらず、厨房を手伝ってくれたキヨも、ウタが帰らないことに気を揉んでいた。

夜の七時にクリスマス会が始まって、ジュースで乾杯した。ヤマコ特製のサーモンと鶏肉《とりにく》のシチューに子どもたちは舌鼓《したつづみ》を打った。なごやかな声があふれるなかで、親しい職員の津波古《つはこ》さんとヤマコは話しこんだ。首里のお母さん《アンマー》（ふくよかな抱擁とビッグ・スマイルにはヤマコも癒やされてきた）と呼ばれる彼女とは復帰協の活動でも一緒だった。

このごろは門限破りの常習犯なのさ、と津波古さんも困り顔だった。施設では片親がアメリカ人という子は珍しくないけど、六歳ごろより前の来歴がわからないということはめったにない。津波古さんたちもそのぶんウタには手を焼かされていた。ウタちゃん、施設ではだれより面倒見の良いお兄ちゃん《ニイニイ》をやってくれるんだけどねえ。

ケイタツもコテツもチハルも（病気や事故で親を亡くした子たちがいた）、ツルオとカメオの双子《ターチユー》も（両親に育児能力がないと見なされて預けられた子たちがいた）、マリアもジョージもチョービンも（父親がアメリカ人や台湾人やフィリピン人の子たちがいた。父親の顔を知っているのはそのうち半分ぐらい）、みんながクリスマス会で浮かれ、頰を紅潮《ニービチ》させてはしゃぎ、ヤマコにもなにくれとなく話しかけてくる。ヤマコ先生、今年も結婚できなかったんだねえ、と冷やかされるのにもすっかり慣れてしまった。

「ありゃあ、今夜はパーティーだったかあ」

時計が夜の九時を回るころ、ようやくウタが帰ってきた。

おかえり、ニイニイ、おかえり！　たちまちほかの子たちに囲まれる。

この施設もいまでは、ウタにはちいさく感じられているにちがいない。

出逢ったころからわが道を行くところはあったけど、このところはアメリカー嫌いを隠さないようになり、施設の外では不良仲間ともつるんでいるようで、早熟なぶんだけ非行に走りかねないと職員も心配を募らせている。それでもこうして施設のほとんどの子たちに慕われているところを見ると、ヤマコの胸の奥には一輪のデイゴの花が咲くのだった。

それでも門限は門限だからね。どこに行っていたのかと問いつめると、ウタは「レコード屋」とぶっきらぼうに答えた。

「遠くの店に行ってきたわけさ」ウタは唇をとがらせた。「どうしてみんな、明るいうちに帰ってこいなんて言うかねえ」

「暗い道は危ないからさ、アメリカーは男の子だって襲うんだから！」津波古さんが強烈なことを言ってウタを脅かした。

「そうそう、暴走運転に轢かれるかもしれんし」ヤマコも加勢した。「あんたもキヨが遅くまで帰らなかったら心配するでしょう」

「今夜はお祝いなんだから、おふたりさん。しみったれた話はなしなし」

歌ってよ、ニイニイ！　ほかの子にせがまれたウタは、クリスマスソングに合わせて三線をつまびきはじめた。歌詞を書いたり、曲もつくったりしているウタは、弦楽器の腕前も玄人《くろうと》はだしだった。なんといっても沖縄《ウチナー》の子どもたちには宴会《スージ》好きの血が流れているからね。ウタが帰ってきたことで宴に中心ができて、だれもがはしゃぎ、歌い、じゃれあい、次にウタに演奏してもらう曲をめぐってじゃんけんしながらカチャーシーを踊り、男の子同士でお尻に親指を突きたててはゲラゲラ笑っている（うかつな肛門には浣腸《ブッスイ》の刑がくだされるのさ、そらプッスイ！）。もつれあいながら高まる親密な一体感は、多幸感に満ちた胸の鼓動《チム・ドンドン》は、ヤマコにとってもなじみ深くて懐かしいものだった（あきさみよう！　あきさみよう！　おのずと感嘆の声もこぼれるさ。この世のすばらしいものに宴会《スージ》を数えない語り部《ユンター》がいるとしたら、それは偽者《モグリ》かもしれないよ）。窓辺にもたれかかったキヨも、ずっと一緒に育ってきたニイニイに見入りながら、頰を上気させて演奏に手拍子を打っている。おちょぼ唇《ぐち》にできた笑窪《えくぼ》を見返して、ウタも笑みをこぼし、熱気で汗だくになりながら弦を鳴らす五本の指を弾ませた。

「うっはっは、やっぱり聖歌にカチャーシーは合わんねえ！」

ウタのまなざしを見ればわかる。おなじころに施設に入ったキヨに、ウタは年長としての保護感情におさまりきらない想いを抱いているようだった。

両親はふたりとも沖縄《シマ》の人間だけど、娘が二歳のころに父親は蒸発した。美里の女給だった母親はわが子をもてあまし、最低限の食料だけを与えて育児を放りだしていた。見かねた隣人から民生課に相談があって、母親との話しあいも持たれ、一時避難のようなかたちからそのままキヨは施設に根を生やすことになったという。

穿きっぱなしのおしめも浄めてもらえない仕打ちを受けていたのに、いまでもキヨは女性職員をお母さん《アンマー》と呼びまちがえることがあるらしい。十歳になってもおねしょが治りきらず、一緒に寝起きする年少の子にもそれは知られてしまっていた。キヨは気に病んでいたけれど、本人が意識すればするほど症状は悪化するばかりだった。

「肌もよくならんねえ、キヨ」

「気分転換がいちばんだって医者が言うから、ウタが海水浴に連れていったのさ」

たけなわの宴を見守りながら、ヤマコは津波古さんと話しあった。キヨの頰や首筋にできた湿疹《しっしん》が熱気のなかでひときわ目立っていた。

「そしたら炎症を起こしちゃって。近くの基地から海に廃棄された化学物質にさわっちゃったんだってウタは言うわけ。アメリカーはろくなことしないって。あの話は事実かどうかもわからんでしょうってたしなめてるんだけどね」

ウタとキヨ。たがいに十歳にならないころからふたりでよく外出していた。津波古さんが言うには、毎晩かならず一緒に歯を磨いているらしい。口を泡だらけにしながら歯ブラシをしゃこしゃこと使って、鏡の前で笑いあっている（孤児のころには歯磨きもできなかったんだよね。あれって口がさっぱりして最高やさあ、施設に入っていちばん感動したことだよとヤマコは本人に聞かされたことがあった）。遠足に出かけてもキヨが二人一組《タイ・テイーチ》からあぶれることがあれば、冷やかされるのもかまわずにウタが手をつないでいた。

「あの子にとってキヨは、オナリ神のようなものなのさ」

津波古さんの言うとおりかもしれないね。この島では〝妹〟には神秘の力がそなわるというから（兄《エケリ》にとっての妹《オナリ》とは、霊的な守護者となる大事な存在で、たとえば男が戦争や長旅に出るときには妹《オナリ》の毛髪や衣類をお守りにする風習もあったんだって）。恋愛感情と呼ぶにはまだ輪郭があやふやで、だけどそのぶん純粋な思いやりに満ちていて、十代というのは運が良ければ、そういうものと出逢える時代なのかもしれない。

郷愁にかられたヤマコは、おのずと自分の過去も振り返っていた。

あたしは、どうだったかね――

ともかく大事な妹を喜ばせるためにもウタにも手伝ってもらわなくちゃね。そろそろクリスマス会もお開きの時間になって、演奏で汗みずくになったウタを用具室に連れていった。座布団《ざぶとん》を押さえておいてもらってテープでお腹に巻きつけ、白いもじゃもじゃ髭もつけてもらい、赤と白の帽子が曲がっていないかを見てもらった。

「おいらはもらうほうやあらんね」ウタは不満そうだった。「ちょうだい、おいらにもプレゼントちょうだい。お金でもいいけど」

風邪で休んだ男性職員の代役をヤマコが引き受けていた。さぁはい参りましょう、プレゼントをつめこんだ袋を肩に担ぎ上げると、ヤマコはでっぷりお腹を揺さぶりながら「メリークリスマス！」と広間に飛びこんだ。

ところが、あれあれ？　大歓迎されるはずが広間はもぬけの殻《ウーガーガー》になっていた。

施設の玄関のほうに子どもたちが集まっている。いったいなにごと？

正門と母屋《おもや》のあいだに袋や木箱が積まれていた。施設の子たちが歓声を上げている。届いた荷物の中身は、子どもたちにとって金銀珊瑚《さんご》にも等しかった。

ブリキの人形、船や飛行機の模型、ぬいぐるみ、三十四色入りの色鉛筆、冬物のジャンパーやセーター、ダンガリーシャツ、紐の通ってない新品の運動靴、野球帽、サメの形のリュックサック。袋や箱に入りきらない三輪車や木馬も置かれている。そのどれもが基地の売店《PX》に並んでいそうなアメリカ製の品物だった。

「これってヤマコ先生よね？」津波古さんが耳打ちしてきた。「こんなにちゃっさん施設の予算ではまかないきれんよ」

「えっ、あたしやあらんがぁ」

施設の子たちはヤマコを見つけて、あわてんぼうのサンタさん《ソーヌガー》、こんなところにプレゼントを置き忘れたらならんがぁと囃したてた。扮装のせいでそれらはヤマコサン夕からの贈りものということになってしまった。これって寄付？　職員にも告げずにどこかの篤志家《エーキンチュ》が置いていったのか。アメリカ製の品々で統一された、玄関先の贈りもの——どこかで聞いたことのある話だった。

するとキヨが、「ヤマコ先生へって書いてあるよ」と声を上げた。玩具や子ども服がつまった木箱のひとつに、ヤマコ宛の手紙が添えられていた。

ただいま、これは生還の前祝いさ。

たった一行だけなのに、まじないのような力を秘めた文章だった。

それはヤマコを、その場に座らせるまじないだった。

もしかしてこれは、帰らなくなった戦果アギヤーから？

ただいまって書いてある。ヤマコが永遠に聞けなくなったはずの言葉が——

あまりに意表を衝《つ》かれてちょっと座らずにいられなかった。驚きと当惑が、感傷のかたまりが背骨の節をつたって這《は》い上がってきた。動悸が速まるのがわかった。

「ただいまって、だれが帰ってきたの」キヨが手紙をのぞきこんだ。

「ははーん、レイの兄貴《ヤッチー》やあらんね」そう言ったのはウタだった。

「あんた、どうしてそれを」

「海辺の告別式《ウクイ》で送った人だろ、コザの英雄だった人やさ」

「そうか、知っていたのねえ」

「まさかよみがえった？　あ、もしかしたらこれって〝戦果〟やあらんね」

「戦果だなんて、そんな言葉も聞いてきたわけ」

放心したままでヤマコは答えた。そう答えるのが精一杯だった。

ウタは好奇心を駆られているけど、これがあの人からの手紙であるはずがない。

彼岸から届いたとでもいうわけ？　海の彼方にあの人は旅立ったのに。

それはみんなが知っていることなのに。どうしてこんなものがいまになって。

だれがこんなことをしたの、生還って？　玄関先に届けられる戦果の意味を知っているのは――

手紙の真意がつかみきれなかった。眩暈がヤマコを地面に縛りつけていた。

自分が生きている現実と、海の最果ての世界とが、隔たりも境目もないものとしてつなぎあわされたような困惑をおぼえていた。

おなじ夜、コザのあちこちで年の瀬の椿事《ちんじ》があった。街のいたるところに匿名の贈りものが届けられたのさ。たとえば小学校には文房具や用度品（飼育小屋のウサギの餌も）、病院にはヨードチンキや絆創膏（その他いくらあっても困らない消耗品がどっさり）、農家にはエンジンオイルや肥料、最貧地区の各戸には食料の缶詰（ポークランチョンミートにパイナップルに魚介類とよりどりみどり)、組合や市民団体にはダースで酒壜が届いた(運動の景気づけにどうぞということかな)。コザの人々はささやきあった、これじゃあまるで〝戦果〟じゃないか。往時を知るものにはわかるやりかたで、どこかの酔狂なサンタクロースが慈善活動をしているのか?

警察署に届けは出されなかった。どれもこれも生活を助けるものだし、クリスマスの祝いならありがたくもらっておこうってわけさ。だけど一夜の椿事でもかたづけられない。この基地の街では、特別なメッセージを読みとりたくなる出来事だった。サンタクロースでなければ、コザが亡くした英雄の真似をしているのかもしれない。

匿名のだれかは、このふるまいでなにかを伝えたがっているんじゃないか。

こんな時代もあったよな、とでも言いたいわけ?

もちろんヤマコも、手紙の差出人を突き止めようとした。

だけど手がかりはなかったし、年が明けてすぐに活動の大きな節目がやってきたので、手紙のことだけを気にしているわけにもいかなくなった。

島の教員たちはだれもがデモの支度をしていた。〝教公二法案〟が本会議にかけられる二月のある日、立法院の前で座りこみの阻止活動がおこなわれることになり、教員たちは年休あつかいで総動員をかけられていた。

徹夜の待機組に加わっていたヤマコも、あくる朝からデモの排除に乗りだしてきた警官隊と睨みあった。院の前は人だかりで立錐の余地もなくなって、プラカードを二つも三つもかざした教員たちが、教公二法案反対！　断固阻止！　とシュプレヒコールの渦を巻きおこす。学校関係者ではない組合員や活動家、有志の島民たちもそこに加わって、二万人にも達する大群衆が居並ぶ警官隊を圧倒していた。

「あんたたち、どうしてここにいるのさ！」

それだけの出足のなかでも、デモの現場をうろつく少年少女はよく目立った。ヤマコが見つけたのはウタとキヨだった。

「こいつがデモを見たことないって言うから、社会見学に寄ってみたのさ」

「すごいねえ、ニイニイ。島の人がみーんな来てるみたい」

物見遊山のふたりは、さも珍しそうな視線を周囲に配っていた。

「近所のお祭りじゃないんだから、ふらっと立ち寄るようなもんでもないさ」

「だって先生もちゃー言いしてるやあらんね。この島でアメリカーと闘うならデモしかないって。おいらたちも島民やあらんね」

「減らず口きいて、警官がどれだけいるか見えんわけ？　午後にはもっと騒ぎが大きくなる、怪我人だって出るかもしれないんだから」

喧騒の渦が気温を上げて、額から滑った汗が睫毛にたまった。ふたりの衣服も汗ばんでいる。ウタと手をつないだキヨは、押しあいへしあい《ウーシェークルシェー》の初体験に浮き足立って、神輿《みこし》の行列に入れてもらったような興奮を隠していなかった。

ウタはウタで、島ぐるみのデモの高揚が気に入っているようで、持ってきた三線でシュプレヒコールに勝手な伴奏をつけはじめた。ニイニイ頑張《チバ》りよう、と囃したてるキヨに良いところを見せようとますます調子づく。ふざけてると思われるさ！　たしなめて帰らせようとしていると、演奏の手を止めたウタが耳打ちしてきた。

「こいつの母《アンマー》ちゃん、このごろよく会いにくるんだよ」

「そうみたいね、津波古さんに聞いたよ」

「春から首里の家を出るかもって」

「え、キヨが？」

「こいつの母《アンマー》ちゃん、新しい旦那《ミームーク》をつかまえたみたいなのさ」

「はぁーや、それでまた一緒に暮らすわけ……」

「嬉しくてしょうがないのさ、キヨ。それでこれまでおいらと行ったことないところに行きたがっちゃって。まあそういうわけだから、ヤマコさん」

施設を去る前に、ウタとの思い出をつくっておきたいということらしい。キヨの母親は再婚して女給を辞めるのかね？　気になるところもあったけど、母子《おやこ》がひとつ屋根の下で生活を再開できるのだから祝福してあげるべきだった。

「だったら、警察との揉みあいには首を突っこんだらならん。遠くから見物するだけにして。とにかくみんな真剣なんだから」

これだけの規模のデモはヤマコの記憶にもなかった。だれもが正念場を自覚して、教壇でもめったに上げないような大声で叫んでいる。琉警の側でも全島に応援要請が出されたようで、数百人がそれぞれの持ち場で隊伍を組み、敷地内から立ち去るように拡声器で声を荒らげている。ものものしい武装部隊も投入されていて、陣取り合戦のようにふたつの人波があちこちで一進一退の攻防をつづけていた。

教職員会のなかでも文系の教員たちは言葉で警官とやりあっていたし、理数系の教員たちは将棋や囲碁でもするように采配を送っている。かたや体育系の教員たちは、突入部隊を組んで立法院に押し入っていた。警官をごぼう抜きにして屋上やひさしに上がり、隊列めがけて石灰《カラフェー》の粉（校庭に白線を引く粉を持ち寄っていた）をまきちらし（目つぶし攻撃！）、トイレをふさいで本会議の議員を弱らせた（膀胱責《シーバイプクル》め！）。少なくない警官たちはかつての恩師とはちあわせて、君にそんな教育をしたおぼえはないと説諭されてたじたじになっている（仰げば尊《とうと》しわが師の恩！）。勢いづいたデモ隊はたちまち玄関前を占拠して、そこからさらに座りこんで院内にプレッシャーをかけた。警官隊はあわてて第二の警備線を築いたけど、もはや恐れるに足らずと声が上がる。理系教員の目算によれば警官ひとりに対して十人から二十人の群衆がつめかけている、旗色はこちらが優位だ。あとは本会議を中止させて、廃案協定の調印に持ちこめれば教職員会の大勝利だった。

「ねえ、グスクが、グスクがおるよ」

報せにきたのはウタだった。ヤマコは虚を衝かれて、警官隊の顔ぶれに視線をめぐらせた。

身の丈ほどの警杖《けいじょう》と楯《たて》を把持《はじ》して、グスクが警備線の一角を守っている。この日初めてヤマコは腰が引けた。喧騒のなかでも心臓の鼓動《チム・ドンドン》が聞こえてきそうだった。強ばった面持ちでグスクもこちらを見ていた。これは教職員会のデモだから、はちあわせしかねないことはわかっていたはずだった。

「あの手紙のこと、グスクと話した？」とウタが訊いてきた。

「あれは、あんたが口出しすることやあらん」

「なんでよう、あれは謎《ムヌアカシエ》やさ。話してみなよう」

顔をあわせるのはひさしぶりだった。数年のあいだでグスクと交わした言葉を、もどかしいすれちがいや感情の浮き沈みを、ぎこちない沈黙を、たがいの心が離れていくことへの落胆を、そのひとつひとつをヤマコは思い出すことができた。ちょっとは迷ったけど、素知らぬ顔《チラブイ》をするのはやめてデモ隊の先頭に歩みを進め、仁王立ちするグスクと正面から向きあった。

直視にさらされたグスクは、気まずそうに視線を斜めにそらしつつ、見くびられまいとしてあごを上げてみせた。警官の威信を保とうとする負けん気と、ヤマコやウタへの私情がないまぜに《チャンプルー》なって頰がひきつり、もぞもぞと小鼻がうごめいている。

「これだけいても、すぐに大女《タチャーイー》は見つけられるなあ」グスクから口を開いた。

「今日は敵同士だねえ、ニイニイ」ヤマコもまっこうから言葉を返した。

「ウタまでいるやあらんね。教員がこんな実力行使を見せたらならんが」

「刑事まで出張るほど、琉警は人手が足りんわけ？」

「これだけつめかけたら、人も足りなくなるさ」

「これだけつめかけたのは、教公二法案がどれだけ悪法かみんなわかってるからさ。あたしらの思想信条を縛るんだから。心のなかにまで踏みこんでくるんだから。これが通ったら故郷《シマ》の自由や人権はいまより後退しちゃうんだから」

喧騒に浮かされて言葉をつらねながら、こうして正面から向きあうのはいつぶりだろうとヤマコは思った。これまで濃《こま》やかに向きあってこられなかったのは、むしろヤマコのほうだった。そのうしろめたさがヤマコを雄弁にしていた。

「教員らしいね、警官を相手に理づめかよ」グスクはさみしげに言った。「わかるだろ、おれはおれの仕事をするだけさ」

「それを言ったら、こっちも仕事がかかってる」

「議員たち、米軍にも応援を要請したらしいぞ」

「島民たちの争いに、アメリカーは出張ってきたりしないさ」

「豚っ鼻ならしてえ、女だてらに闘争の英雄気取りな？」

教員と警官という立場で話しても平行線をたどるのはわかっていた。グスクの口走った言葉でウタにもせっつかれたことを思い出す。会話がとぎれたところで「そういえばさ……」とヤマコがつぶやくのと、「おまえに話が」とグスクが言うのがほぼ同時だった。

「え、なにがやぁ。おまえから言わんね」

「あっ、ごめん。ニイニイはなに」

「実はさあ、ちょっと前に手紙が届いたんだけどね」

「手紙ってまさか、ニイニイのところにも」

「あがっ、そっちにも？」

あたりには粉雪のように石灰が漂っていて、そこかしこで騒音の渦ができているのに、手紙の話になったとたん、ふたりの周囲に静けさの緞帳のようなものが下りてきた。どちらからともなく半歩ほど近づいて、おたがいに届いた文面を諳《そら》んじた。

「去年の暮れ、コザのほうぼうに届いた物資の話は知ってるよな」

「施設にも届いたよ。あれは〝戦果〟だってみんなが」

「そこにあの手紙か……なあ、さっきおまえは思想信条って言ったよな」

「うん、それがどうしたの」

「このごろ思うのさ。おれの親友《イイドウシ》は死んでコザの思想信条になったんじゃないのかって。故郷《シマ》で大きな騒動が起こるたびに、みんなを助ける英雄が望まれるだろ。そういう島ぐるみの願望の集合体のようなものが世間に漂うのさ。だれかはその名前を騙《かた》るし、だれかはそのふるまいを真似る。おれたちはなにかあるたびに、出来事の後ろにその気配を感じてしまう」

わかるような気がした。コザという街はいまでもどこかで、英雄がいたころの〝宇宙《ティンガーラ》〟にとどまっているふしがある。そこでは英雄を中心に太陽系ができていて、惑星群はそれぞれが警察の犯罪捜査だったり、ごろつき《アシバー》の争いだったり、本土復帰のデモだったりする。それらが引力にしたがってぐるぐると回って、ときどき惑星同士が直列したり、混沌や忘却のブラックホールに呑みこまれていったりするのだ。

「ねえ、ニイニイは基地のなかで、ウタキに迷いこんだって言ったでしょう」

「ああ、あれはおれの勘ちがいかなにかで……」

「ほんとうにあったのさ、照喜名《てるきな》さんが教えてくれた。基地のなかにウタキがあって、この島には土地から立ち昇る不思議な力がある。あたしも肌で感じるときがあるんだよ。だれかに見守られているような、現在も過去も混ざりあった時間のなかにいるような……」

「うむー、ユタ風味の話になってきたな。とにかく手紙や戦果が届いたんだから、だれかはそれを運んでいる。英雄の真似ごと《グワーシー》をするやつがいるとしたら、思いあたるのは……」

だれのことを言いたいのかはわかった。できることならその名前は出してほしくなかった。調子が悪い日にはその名前にふれるだけで、暗い海の底に沈むような心地を味わわされるから、光も差さず、呼吸もできないその場所で、怒りだけにとらわれてしまうから。

あの路地の出来事は、深いところでヤマコを殺した。絶望の突風に吹かれて、途方もなく広大な孤独の海でしばらく溺れていた。防衛本能がおかしな作用をして、すべての人間関係を断とうとした。いまでも本気で怒っていたけど、本気で怒っていることを伝えるのはとても難しいということも思い知らされていた。

ほんとうだよ、あたしはこんなに怒ったことがない。

あたしは！　あたしは！　あたしは！

あのときあたしは、断固として罪を責めるべきだった。

ちゃんと捜しだして、糾弾を向けようと思ったこともあった。

どこにいるの、レイ。あのときあんたがしたことは親愛や信頼を、人と人の絆を、沖縄人《ウチナンチユ》が守ってきたものを、島の女子供を慰みものにする米兵とおなじところにひきずりおろす行為だよ。たとえ兄《ヤッチー》の訃報で悲嘆に暮れ、降ってわいた刃傷沙汰に心を乱していたとしても――その行為を憎むたび、断罪を望むたび、あの夜の汗ばんだ皮膚や息づかいが、地面の冷たさが、体の奥をつらぬいた痛みがよみがえる。怒るたびにヤマコは何度も何度も暴行されるんだ。

グスクとの同居の話も立ち消えになった。おなじ街でおなじ時間を過ごしてきたのに、三人ともあるころまではおなじ宇宙《ティンガーラ》にいたはずなのに。レイは消息を絶ち、結婚したグスクにはもうすぐ子どもが生まれるという。寝つけない夜や日が暮れた帰路に、いまとはちがう人生の道筋へと思いをはせることもしばしばだった。

「おおっさ、いつまでもおしゃべりはしてられん」駆けてきた同僚に耳打ちされたグスクが、すっと警官の顔に戻った。

群衆からは歓声が上がっていた。院内につめかけた教員たちが、立法院の議場に入れないように与党の議長を囲んでいるらしい。屋外に渦巻いた歓呼のなかには、憤慨したような叫びや罵詈雑言《ヤナグチ》のたぐいも混ざっていた。異常な騒ぎ。内輪揉め《ムンロー》でも起こったわけ？

するとグスクが急に隊列を離れて、騒ぎの渦中へと走りだした。

その瞬間を待ちかまえていたように、ためらいなく人波をかきわけていく。

とっさにヤマコも追いかけた。人だかりのなかで、数人の男たちが暴れていた。

プラカードを打ち壊し、横断幕を引き破って、こんなデモは愛郷精神に反する！指導者は極右の回しものだ！　と絶叫《アビー》をつらねていた。制止に入った男性教員を殴り飛ばし、女性教員の首をわしづかみにして地面にねじふせていた。

こんなの教員がやることじゃない。デモにまぎれこんだ与太者《ヤナムン》にちがいない。

ところがそばにいる警官たちは、流血騒ぎにも知らんぷり《チラブイ》を決めこんでいる。

これでデモ隊の勢力が弱まればさいわいってこと？　抗議しようとしたそのとき、ひとりだけ動いた警官がいた。騒ぎの渦中に飛びこんで、暴れる男の腕をひねったグスクが、すばやい投げ技で暴漢《ナムジャー》に地面を舐めさせた。

「すごい、やったぁ！」

野次馬のなかから、キヨが叫んだ。

黒革のジャンパーを着こんだ男が、折り畳みのナイフを抜いた。

群衆にはどよめきが走ったけど、急所を狙うその刃先のすべてはグスクに見切られている。

たしかにすごい、ニイニイってこんなに強かったわけ？　この手の粗暴犯《ナムジャー》によほど慣れているのか、喉を突きにきた男の腕をつかむと、ふたたびあざやかな背負い投げで転がしてしまった。

「おまえら、デモの壊し屋やさあ！」

聞いたことがある。親米右翼や政治ゴロに雇われて、脅迫状や怪文書をばらまき、デモ隊の一員になりすまして妨害工作を図るという不逞《ふてい》の輩《やから》。この現場にもまぎれこんでいたらしい。グスクは署の同僚を呼ぶと、手錠をかけた暴漢《ナムジャー》たちを警察車両へとひったてていく。この日、警官の働きに群衆が拍手を送ったのはこれが初めてかもしれなかった。

さっきまでのにらめっこ《ミークーメー》も忘れて、ヤマコまで誇らしい気分になった。ああそうか、そうだよね、グスクはこんなふうに毎日湧いてくる暴漢《ナムジャー》と向きあって、故郷《シマ》の平穏を揺るがす脅威のひとつひとつを制圧してきたんだ。

「もう行かなくちゃならん。話のつづきはまた会ったときにな」

グスクはおもむろに振り返ると、ヤマコを見つめてつぶやいた。

こちらの胸が痛くなるような、心強くておおどかな笑みを浮かべて、

「これからひと仕事あるから、おまえもやらなくちゃならんことをやれ」

「ねえ、ニイニイ、ちょっと待って」

「体にだけは、気をつけろよ」

最後にそれだけ言って、グスクは立法院の前から去っていった。

群衆の拍手なんて浴びたものだから、こころもち英雄気分を味わえちゃった。頬をゆるませながらグスクは、暴漢《ナムジャー》のひとりを車の後部座席に押しこんだ。

あいつめ、ちょっとはおれを見直したかね？

ほかのごろつき《アシバー》は同僚にまかせて、黒革のジャンパーの男を同乗させて車を出した。ヤマコの顔も見られるかなとは思ってはいたけど、警備に加わった真意は別のところにあった。暴行の現行犯で押さえたこの男を、留置場ではないところに連行することになっていた。

「捜したよ、あんたは辺土名さんやさ」

「アメリカの尻舐め野郎に、知り合いはおらんなあ」

「あんたを追うのは大事《デージ》だった。泡瀬派が回らなくなってからは、私立探偵の看板を掲げていたね。あんたのどこが探偵なあ、やってることは借金の取り立てにデモつぶし、なんでもござれの便利屋《チラターチャー》やさ。薬物の売人を差配してたのもあんただろ」

道すがらの車中で訊いても、辺土名はふてぶてしく口端を吊り上げるだけだった。軍道の信号が赤になって停まった車の前を、学校が休みになった中学生たちが横切っていった。

「だったら別のことを訊こうか、一昔前の〝戦果アギヤー狩り〟に憶えは？」

「でしゃばり屋《メーユイユイサー》のうえに、よくしゃべる犬ころ《イングワ》やさ」

「あんたなら、詳しいはずだけどな」

「取調室に連れていかれても、腐れ警官としゃべることはないね」

「おれもコザの出身よ。だからわかる、戦果アギヤーが苦労して奪ってきた戦果を横からさらうなんて非道《ハゴー》、非道《ハゴー》さよう。そいつらはそうやって危険を冒さず、貯《たくわ》えた資金を元手にコザ派の上層部に食いこんだ。だけど欲の皮が張りすぎたんだな。組織に弓を引いてなかったらいまも幹部の席でふんぞりかえっていただろうに」

「ふん、だれの話をしとるんだか」

　揺さぶりをかけても涼しい顔をしている。経験上、こういう男から自供をひきだすのは至難の業だとわかっていた。なにを訊いてもはぐらかし、言い抜けして、馬鹿《ウフソー》のふりもする。やにさがった面差しを崩さない。

「このごろになってわかってきたよ」グスクは話をつづけた。「物事の真相のなかにはどんな手を使ってでも、機を逸さずに暴かなきゃならんものがある。やりすごしたら解明不能になって捜査する人間の人生まで迷宮にはまりこませる」

　信号がまた赤になったけれど、グスクは加速して交差点を突っきった。車内の鏡で様子をうかがっても、辺土名はふてぶてしく耳の穴を掃除していた。

「困ったことにおれたちは過去には戻られん。だから苦労させられるのさ。これだけ歳月が過ぎたら手段を選んでもいられん」

「クロバエが湧いてるなあ、ぶんぶんと羽音がうるさいね」

「そういうわけで、あんたはこれから〝審問〟にかけられる」

グスクはそう告げて、車のハンドルを左に切った。

「あんたはまだ、この車の行き先を選べる。もう一度だけ確認しておくけど、あんたは麻薬売買で儲けて、追っていた調査員も始末した。かつては戦果アギヤー狩りをやらかして……あの嘉手納アギヤーにもからんでいる。その全部のことでおれとしゃべるつもりは？」

「残念だったな」辺土名はせせら笑った。「悪いがどこに連れていかれてもなにもしゃべらん」

「残念だったよ」グスクは答えた。「あんたにはおれが話し相手でいるうちに、せいぜい正直者《マクトゥウ》になってもらいたかった」

警察署は目指していなかった。軍司令部《ライカム》にも向かっていなかった。軍道一号線から西海岸ぞいの小径に入って、宜野湾《ぎのわん》の古い倉庫街に進入した。先客が着いていた。煉瓦造りの倉庫の前に、黒塗りの車が何台も停まっている。そのあたりで辺土名も事情を察したらしい。座席にしがみついたけれど、倉庫から出てきたごろつき《アシバー》にひきずり降ろされた。

「あったらならんことやがあ、警官《アシバー》がごろつきに市民を引き渡すのか！」

鉄さびの音をきしませて倉庫の扉が開かれるなり、辺土名の顔から血の潮が引いていった。無造作に置かれた椅子に、何人かの男が座っている。

コザ派の最高顧問、喜舎場朝信《ちょうしん》。那覇派の首領、又吉世喜。

ほかにもコザ・那覇・普天間の三派にわたる沖縄《ウチナー》ヤクザの重鎮たちが一堂に会している。

火葬場で拾骨《しゅうこつ》を待っているような気配だった。薄暗い屋内で影を落とすそれぞれの目が、燐寸《マッチ》も擦らずに引火しそうな陰鬱な火を瞬かせていた。

「あんたは外で待っちょけ」

喜舎場の親分《ターリー》が重たい声を響かせた。

「おれも立ち会わせてもらいたいんだけどね」

「黙らんね、若造《ニーシエー》。そいつだけ連れてこい」

さすがにものすごい迫力だね、コザの親分《ターリー》、そして又吉世喜。第三次抗争《ソーロー》のただなかに親分衆が勢ぞろいするだけでもただごとではない。又吉の働きかけ《カキエー》によってこの日かぎりの休戦協定が結ばれて、争いの火種になってきた辺土名を〝審問〟にかける運びになっていた。

デモ荒らしで稼いでいる辺土名は、ここ数年では最大規模の〝教公二法案〟阻止行動の現場にもかならず現われる。米民政府でも警察署でもなくこっちに連れてきてくれ、あんたが知りたいことも訊いておくから——この件にかぎっては、又吉の口車に乗ることにした。警官にあるまじき行為と難じられて落ちこむほどグスクも初心《うぶ》ではなくなっていた。

鉄扉《てっぴ》が閉ざされる。倉庫のなかからはくぐもった低い声が聞こえてくる。

鋭いささやき声が聞こえて、それがふいに断ちきられる。

辺土名に暴行は加えられないはずだった。又吉たちがグスクとの約束を守れば、という限定つきではあるけれど。

およそ一時間がすぎてグスクも呼ばれた。暗い倉庫のなかでは、円を描くように椅子に座った親分衆が、干上がった湖の魚《カタバル・ヌ・イユ》のような辺土名を囲んでいた。うつろな目つきで、ぱくぱくと口を動かす辺土名は、どうして自分が衰弱しているのかもわかっていなそうなありさまだった。

「あんたの素性は聞かせてもらった」コザの親分《ターリー》が言った。「あの嘉手納の騒動にも加わっていた戦果アギヤーらしいな」

「立役者はこのグスクです」又吉が言い添えた。「あちこちのデモに出張っていって、辺土名が現われるのを辛抱強く待っていた。おれたちが張っていても勘づかれる。警官としてその場にいるのがいちばん疑われませんから」

「あんたにも事実を知る権利はあるようだな」親分《ターリー》はそう言うと辺土名に向き直って
「おれたちに話したことを話してやれ」

「……へえ、おれたちは雇われていたわけさ」

悪罵《あくば》しか吐かなかったガラガラ蛇のような男が、指先でこねられた団子虫のようにちいさくなっていた。ごろつき《アシバー》の世界でも長いあいだ重要命題になっていた〝戦果アギヤー狩り〟について親分衆はきっちりと辺土名を追及していた。これまで嫌疑をかわし、詮議するものを手段を選ばずに黙らせてきた男が、嘉手納アギヤーにも関与したことをついに認めたのだ。

「おれたちは手分けして、基地のまわりに網を張っていた。基地から戦果を奪って出てきたやつらが持ち逃げしないように見張るためさ。不審な動きがあったらそのまま戦果をさらって〝クブラ〟に引き渡す算段だった」

あの夜のことであらたな事実が明かされるのは、それこそ十数年ぶりのことだった。駆けだし《オージャーニーシエー》の戦果アギヤーだった辺土名とその一味は〝クブラ〟に抱きこまれ、近所の農夫やエイサーの見物客になりすましてキャンプ・カデナの周辺を見張っていた。夜も深まったころ、基地のなかから警笛と銃声が聞こえてきた。このありさまではだれも無事に出てこられまい。うひゃーご愁傷さま！　しばらく待ってから辺土名たちは三々五々に持ち場を離れた。だがそのすぐ直後、基地ぞいの軍道をたどっていた帰途で、曙《あけぼの》の色に染まりはじめた空の下を走ってくるあの男を、コザの英雄を、たしかにその目で目撃したっていうのさ。

胸裏を打ち鳴らす鼓動の音が高まった。ドッ、ドッ、ドッ、ドッ、遠い日のエイサーの太鼓の音がグスクの内側で響《とよ》みをよみがえらせる――

第一ゲートの方向から、その男は走ってきた。木箱をひとつ抱えていた。辺土名たちは通せんぼするかたちで急停車したトラックにひきずりこんだ。本人も戦果もかっさらって、クブラの使者・謝花《じゃはな》ジョーと落ちあうことになっていた美里のスラブ家《ヤー》に向かった。命をかけて物資の箱がひとつでは釣りあわんなあ、と辺土名は嘲笑した。頭や肩から血を流して、満身創痍《そうい》でふらふらだったコザの英雄は、拉致されてもあらがう余力を残していなかった。

ジョーも基地から出てきていた。ところがスラブ家に現われたジョーは、クブラの船団が待っているアワセ浜に向かうさなかで態度を急変させ、事前の予定をひるがえして島の病院に立ち寄ると言いだした。そりゃどういうことよ、このまま本隊に引き渡すんじゃなかったのか、落とし前《チビ》はどこにいった？　病院で怪我を治療させるなんて悪名高き密貿易団らしくもない。辺土名はおもしろくなかった。もともと地元の尊敬と羨望《せんぼう》を集める戦果アギヤーが、日陰者のくせに脚光を浴びる英雄が目ざわりでならなかった。そこで辺土名はジョーと別れてから車を走らせ、クブラ本隊へのご注進におよんだ。密貿易団の男たちと取って返して、ふたたびコザの英雄をさらった。クブラを裏切るかたちとなったジョーは逃げだしたところで警察の網にかかり、辺土名たちはその動きを買われてふんだんな報酬《ウフ・ジン》にあずかった。

「おまえか、おまえかよ……」

気がつくとグスクは、辺土名《アシバー》につかみかかっていた。腰の帯革から抜いた警棒《ブンジラー》を叩きおろそうとしてごろつきたちに制止された。

「おまえやあらんね、おまえがおれの親友《ドウシ》を……」

あの夜、辺土名はクブラの別動隊のように動いていた。むしろこの男こそが、親友《イイドウシ》を流刑にさらした張本人といってよかった。たしかにそれはグスクの知らない空隙《くうげき》を埋める証言だった。ただそれも、連れ去られていった離島の経緯を知らされているいまとなっては、遅すぎた事実との逢着《ほうちゃく》だった。よるべない憤激と無力感をあおられるだけの告白だった。

「おまえは、おまえたちは結局、基地に入っとらんのか」

「入っとらん、入っとらん」

「あの夜、おれたちの侵入経路とは別の経路が見つかった」

「そんなもの知らん、なにもかもおれに押しつけるな」

「こいつにはそもそも基地を叩く胆力はないさ」又吉が言い添えた。「だから戦果アギヤー狩りをやってたわけだから。親分衆の前ではごまかし《ユクシ》も効かん」

辺土名と向きあいながらグスクは身震いをおぼえた。親友《イイドウシ》が持ち帰ったもの、その運命を狂わせた戦果——抱えこんでいたという物資の箱に入っていたものを語れる当事者は、ひょっとしたらいまではもうこの男だけかもしれなかった。

ところが最後の証人は、にべもなく言い放ったのさ。

「おあいにくさま、中身は知らん」

「この野郎、嘘食《ユクシ》わすな！」

「嘘《ユクシ》やあらんど。戦果には手をつけるなってクブラに釘《くぎ》を刺されとったし、あの男もかたくなに手放そうとしなかった。だからそのまま引き渡した」

大麻やヘロインの密売にたずさわっていたことも、嗅ぎまわっていた諜報員を始末させたことも辺土名は認めていた。これでアーヴィン・マーシャルは麻薬売買と殺人事件のふたつを解決に導くことができる。親分衆もあらためて辺土名に追放処分をくだして、服役が明けてからも堅気になるか、あるいは島外に出るかの二択しか許さないことで厄介者《ニーワチャレー》に裁きをくだしていた。望みの成果を得られなかったのは、グスクだけだった。島のごろつき《アシバー》と手を組んでまで真相を明かそうとしたのに、この期におよんでも〝予定にない戦果〟のことはわからずじまいで、ふたたび過去の謎《ムヌアカシエ》のたまりに放り戻されていた。

「もうひとつ、聞き捨てならんことを言ったな」喜舎場の親分《ターリー》が口を開いた。「麻薬の売買をおまえに仕切らせていたのは、どこのだれだったたって？」

「あんたらの大好きな男さぁね」辺土名はグスクを見上げた。「そいつは〝おれは戻ってきた〟と言った。だから過去の罪滅ぼしに仕事を手伝えって。電話でしか話したことはないけどな、こっちは資金繰りに困ってたから一も二もなく飛びついた。思いもよらなかったね、伝説となった英雄どのに裏の仕事を回してもらうなんてな」

こいつはなにを言ってるのさ、グスクは呆然と目を見開いていた。

死んだ親友《イイドウシ》が、辺土名をあやつっていた黒幕。そんな馬鹿な話があるはずない。喜舎場の親分《ターリー》が、又吉が、影の濃いまなざしをグスクに注いでいた。これをどう受け止めるかはあんた次第よ、と無言のままに語りかけていた。

ヤマコと交わした言葉が思い出された。グスクの親友《イイドウシ》はこの島の思想信条、願望の集合体になっている。そういう領域にまで昇華された男が、麻薬で米兵を骨抜きにし、基地の島をいっそう混乱させることを望んでいるのか、そんなふざけた話があるかよ。

英雄を騙るものがいる。そしてまだ、明かされていない事実がある。

だれがなにを望んでいるのか、いったいどんな思惑がうごめいているのか。

宙吊《ちゅうづ》りになったグスクは、ふたたび昏迷《こんめい》の谷間に突き落とされていた。

わからない。結局はなにもわからない。

真相は見えずに、陰影だけが視界を濃くする。

十四　世界でいちばんかわいそうなウサギたち、貧者の核爆弾、娼婦の子ども

朝になると、玄関に箱づめの物資が届いている。

夕方ごろに、縁側や軒下に置かれていることもある。

病院には医薬品が、小学校には文具や用度品が。

貧乏世帯《クンチユー・チネー》には、缶詰や加工食品が。

教職員会の事務所にも、祝いの酒が届けられた。教公二法案の廃案調印をもぎとって、阻止闘争に勝利したあとの大宴会《ウフ・スージ》でも、数ヵ月にわたってあちこちに届いている〝戦果〟のことはしばしば口端に上がった。夜更けまでつづいた宴ではヤマコもしたたか酔っぱらい、津波古さんの許しをもらってウタとキヨを誘って、朝焼けに染まるヤラジ浜に出てきた。

潮騒には夜のにおいが残っていた。砂浜に下りた海鳥がくちばしを貝殻に挿し入れ

ている。三人で砂浜に座って、あたりの音に耳を澄まし、空の彼方に染みわたる曙光を眺めた。雄大な海のパノラマは驚くような階調を見せた。名前もついていない色彩が、名前のついていない別の色彩に呑みこまれていく。朝焼けに染まる雲の底部を、キャンプ・カデナを発った航空機が飛んでいく。海景はヤマコの知らなかった陰影と色彩美を帯びて、ずっと見つめているのが怖くなるほどの美しさだった（あきさみよう！　朝まだきや夕暮れどきの美《ちゅ》ら海のすばらしさはいまさら付言するまでもないよな。この島の景観のなかでもあまりに荘厳《そうごん》で、あまりに神々《こうごう》しくて、黄泉《グソー》の風景のようだと畏怖するものもいるぐらいなのさ）。

「すごいねえ、こんなふうに朝焼けを見たことはなかったかも」

ウタやキヨと〝戦果〟の話をした。早朝の散歩に出てきた年寄りがいる。すぐそばの基地の網では、地元の女たちが酒や花をひろげて、アメリカの敷地に祈りを捧げている。望めばなにかを変えられる——初めてといってよい願望の成就《じょうじゅ》を、運動の勝利をその胸に実感として温めながら、こころゆくまでヤマコは故郷《シマ》の海景を味わった。

「あの〝戦果〟も、ニライカナイから運ばれてきたのかもね」

そんなことまで口走ってしまって、くすくすとキヨに笑われた。

「あたしもなかったな、こんなにずうっと海を見たこと」とキヨは言った。「ニイニイは？」

「おいらって、海の男《ウミンチュ》だから……波の音が子守歌さ」

軽口を吐きながらウタは、驚くほどの集中力で海の彼方を見つめていた。

ひとつの風景を見つめつづけるのは、そら恐ろしいことでもあるんだなとヤマコは思った。

あまりに一心不乱に見入っていると、その風景に引っぱりこまれるような感覚にとらわれる。こちらにとどまらなくてはまずいという自衛本能が、危険を回避するためにわざと気を散らせるのかもしれない。それは水平線の向こうでも、基地の網の向こうでもおなじことだった。

たぶんヤマコの持ちえない感性を持つものだけが、凡人が立ち止まってしまう地点を越えて、向こう側へと身を投じていけるんだろう。そしてこちら側にはない未知の財産を持ち帰り、この世界を豊かに彩ることができる。たとえばそれは天才と謳われる芸術家だったり、不世出の音楽家だったり、選ばれたひと握りの戦果アギヤーだったりするんだろう。そこにはもちろん大きな危険がともなう。言語に絶するほどの冒険が待っている。あちら側に行ったきり戻ってこられなくなったものもいる――ヤマコが知っているそういう男たちと相通じる資質を、たしかにこのウタも持ちあわせているような気がしてならなかった。

「おいらたちは、もうちょっと残っていくよ」

あたりがすっかり明るくなっても、ウタとキヨは海辺を離れなかった。キヨが施設を出る日が近づいてきて、時間はいくらあっても足りないのだろう。砂浜に並んだふたりの背中を振り返りながら、ヤマコはあらたに始まる日常へと戻っていった。

差出人の知れない〝戦果〟は届きつづけた。

教公二法案の阻止で弾みをつけて、闘争の気運を高める沖縄《ウチナー》のそこかしこに。おりしも本土《ヤマトゥ》でも〝沖縄返還〟は錦の御旗に掲げられるようになってきたらしい。政府はアメリカと施政権の落としどころを探っている。待ち望まれた日はやってくる、そう遠くない未来に――もしもこの島が日本《ヤマトゥ》に戻るときがきたら、基地はどうなるのか、日米の協定は？　政治を語るものは本土復帰にあたっての〝条件〟こそが肝心だと声を上げていた。そんな時勢のただなかで、島民たちの意識の流れにたえず石を投じるように、コザのみならず那覇や浦添、普天間、名護や恩納《おんな》といった各地にも〝戦果〟は届けられた。

瀬長亀次郎の人民党にも、屋良朝苗が行政主席に当選（これは島民によって選ばれた初の公選主席だった）を果たしたあくる日の教職員会にもどっさり酒や食料が届いた。ラジオをもらって島の情勢に聡《さと》くなった貧乏学生がいた。新生児のおむつもお食い初めの料理《クワッチー》も、おなじ子どもの二歳の贈りものも〝戦果〟でまかなった一家があった。それぞれの生活に必要なものが届けられ、そのすべてがアメリカ製だった。とうとう基地や軍施設から被害を訴える声が上がりだして、気味悪がって届けを出す島民も増えてきたので、琉球警察としても放置できなくなった。那覇に対策本部が組まれたけれど、目撃証言もなければ、指紋も残されていない。正体不明の差出人は尻尾をつかませない。連日のように物資が届くこともあれば、ふいに止まり、忘れたころにまた届きはじめる神出鬼没ぶりが捜査を難航させた。過激派の政治運動と見なすむきもあったが、二年ほどが過ぎても声明のたぐいはどこにも届かない。名乗りを上げるものがいないかぎりは、頭ごなしに思想犯と断定することもできなかった。

あるころから、それらの〝戦果〟に奇妙なものが加わるようになった。

はからずもそれは、何年かぶりに基地で大きな事故が起こったのと時期《とき》をおなじくしていた。

配られる〝戦果〟が恵みの雨なら、青天《せいてん》の霹靂《へきれき》のようなわざわいも降ってくる。

この島では、そうさ、米軍の軍用機が降ってくる。

ある未明、キャンプ・カデナから離陸しようとしたB52が上昇しきれずに第三ゲートの周辺に墜落、爆発炎上する事故が起こった。第三ゲートは弾薬倉庫地区からも遠くない。墜落地点がずれていればコザは吹き飛んでいたかもしれない。近隣の民家の窓という窓が割れて、屋根や庭先にまで機体の残骸が飛んできた。爆発音はコザじゅうにとどろきわたり、署に泊まっていたグスクを叩《たた》き起こした。あがひゃあ、ベトナムの報復攻撃か！　ついに基地の島が攻撃されたと思いこんだグスクは飛んで帰ってサチコと一歳の息子の無事を確認した。家族の安全を確認すると今度は幼なじみのことが気になって、妻子を寝かしつけてから自宅を飛びだした。おなじくあの爆発音で跳ね起きたようで、アパートにも学校にもヤマコはいなかった。顔も見られずじまいで夜明けの街をさまよい歩いていたとき、ふいに網膜に焼きついた過去の情景がよみがえってきた。あいつが人目をはばからずに泣いていたのは、頭がちぎれそうなほどの慟哭《カジチリアビー》を上げていたのは、あのときが最初で最後じゃなかったか——

あらためて島民たちは現実を突きつけられていた。これだけ軍用機が飛んでいれば、そのうち一機や二機はかならず墜ちる。B52なんて戦略爆撃機だから、ベトナムで使う爆弾や弾薬を積んでいる。そんなものが街中に落ちたら大惨事だ。否定していてもそこはアメリカのこと、航空機には核兵器も積まれているにちがいない。

グスクの署でもいちばんの軍事マニア警官が言うには、この島にはメースB（核弾頭中距離ミサイル！）の発射基地が四つもあって、ナイキ・ハーキュリーズ（地対空迎撃ミサイル！　運動靴の名前じゃないよ）も配備され、演習場では一五五ミリ自走砲（これも核装備可能！）がキャタピラの音を響かせている。これだけ核を装備できる設備を充実させておきながら、核弾頭そのものは持ちこんでませんってそりゃないだろう。だからわれら沖縄人《ウチナンチュ》は叫ぶのさ、基地はいらない、戦争はやめろ、われらの故郷に核を置くな！　かくしてこのころから本土復帰の旗には〝核ぬき・本土なみ〟のスローガンが躍るようになったのさ。

そういう時期だったので、ほかとは一線を画する〝戦果〟は世間をざわつかせた。だれもが木箱を開けるなり、顔をしかめた。

捜査陣は頭を抱えたし、島民たちは戸惑っておびえた。

箱づめになっていたのは、昆虫の顔のような形状の覆面だった。顔の全面を隠して外気を遮断できて、パイナップルの缶詰のような濾過《ろか》装置が突きだした、例のあれだよ。

これまでは暮らしに必要なものだけが届けられていたのに。

どうしてこんなものが。こうなるといよいよきな臭くなってくる。

だってガスマスクは、戦場で使うものだよね？

無気味でけったいな〝戦果〟の意味をグスクがいち早く知ることになったのは、マーシャル機関で築いた情報網のたまものだった。

七月の熱帯夜、悪臭の漂う路地裏でそのAサインは営業していた。ジャズ音楽の流れる店内の壁にはたくさんのレコードの包装が貼られている（表紙を飾るのはどれも黒人のラッパ吹きやピアニストだった）。グスクと入れちがいで痩せた黒人兵が、グラスの底にくしゃくしゃの十ドル紙幣を敷いて店を出ていった。客入りのまばらな店内で、サミュエル・ヴァン・ホーン一等兵はすでに酒と麻薬に酔いしれていた。

「へい、サム、もうつぶれてるのかよ」

突っ伏しているサムを揺り起こすと、夢うつつの蕩《とろ》けた視線がもたげられた。ミルクなしの珈琲《コーヒー》とおなじ肌の色をしていて、めくれかえった唇がやたらと赤い。皮膚の下で頭蓋骨が威張っているような容貌のなかで、つぶらな瞳だけがいつにもまして繊細に潤んでいた。

「遅かったな、兄弟《ブラザー》。ずっと待ってたんだぜ」とサムはふやけた声を漏らした。

「会いたがってるって聞いて、飛んできたんだけどな」グスクも英語で応じた。

「ああ、会いたかったね。故郷の恋人より会いたかった」

「できあがってるねえ、なにがあったのさ」

「おれが言いてえのは、白人どもはつくづくクソ野郎だってことさ」

サミュエル・ヴァン・ホーンは、アーカンソー州出身の海兵隊員で、ベトナムの現実を目の当たりにしたことで愛と平和《ラブ&ピース》に目覚めた反戦米兵だった（いわゆる良心的兵役拒否者《CO》ってやつさ）。戦地に渡りたくないあまりに軍紀違反を犯し、営倉入りをくりかえす鼻つまみもので、帰還兵の例に漏れず大麻中毒《ジョーグー》だったけど、島の少女に欲情するたちではなかったし、マーシャル機関のボスのような背広組《ジンブナー》でもないので、グスクは胸襟《きょうきん》を開くことができた。

「おまえに調べてもらいてえことがある」サムは声をひそめた。「カデナの弾薬庫地区で事故があったらしい。衛兵たちがキャンプ・クワエの医療本部に運びこまれてる。衛兵にはおれのダチ公もいたんだよ、くそったれめ」

「弾薬庫地区っていったら、こないだB52が墜ちたあたりやさ。戦闘機乗りがまた下手くそな操縦でもやらかしたか」

「おまえは腕っこきの警官なんだろ、兄弟《ブラザー》。白い豚野郎どもがこの事件を握りつぶす前に、真相を暴いて島の新聞にでも密告《リーク》しちゃってくれよ」

「事故ならすぐにでも報道されるさ、どうしてわざわざ調べるのよ」

「こればっかりは放っておいたら報道されない。基地のなかでも箝口令《かんこうれい》が敷かれちまって、おれにも詳細はわからねえんだが……ウサギだよ、ウサギ」

「ウサギ？」

「そう、ウサギ」

「ウサギが目の前を跳んでるなら、ハシシのやりすぎさぁね」

「そうじゃねえ、弾薬庫地区からはウサギの死体が出たらしいんだよ」

「はぁーや、弾薬庫じゃのんきにウサギを飼っていたわけ」

「あそこには二重のフェンスで囲まれた〝レッドハットエリア〟ってのがあってな。屋根を芝生で覆って、上空の目からも掩蔽《カムフラージュ》された倉庫群がある。そこに貯蔵されてるのはベトナムでばらまく予定の兵器だよ。ウサギを飼ってるのはガス漏れを検知するためさ。炭鉱のカナリヤならぬ、弾薬庫のウサギってわけさ」

「……事故ってまさか」

「ガス漏れよ、まちがいねえ」

「あがひゃあ、アメリカーはやっぱり持ちこんでたのか」

「おっと、おれを責めるなよ。悪いものを島に持ちこむのは白人どもなんだから」

場末のAサインでもたらされたのはとんでもない内部告発だった。でまかせじゃないとしたら（あるいはハシシが見せる妄想でもないとしたら）これは沖縄《ウチナー》全土を揺さぶる大事件だ。この数年間でマスタードガスや枯れ葉剤といった化学兵器が島に貯蔵されているという疑惑はたびたび上がっていた。海水浴の子どもが原因不明の炎症にかかったり、頭や肢がいくつもあるカエルが発見されたり、弾薬庫地区から離れていない美里では目の粘膜の痛みを訴える声もあって、設備の欠陥でガスが漏れているのではと島の識者が指摘していた。

ちょっとやそっとの災難《ワジャウエー》では驚かなくなっていたグスクも、さすがに腰を抜かしかけた。ガス漏れとなったらウサギや衛兵が犠牲になるだけではすまないし、核兵器も化学兵器も持ちこんでいないという米軍発表は嘘っぱち《ユクシムヌイー》だったことになる。世間に知れわたったらB52墜落の抗議運動の比ではない一大デモが起こるだろうし、米民政府にとっては島の統治をおびやかす空前のスキャンダルになりかねなかった。

「頼んだぜ、兄弟《ブラザー》。おまえならこの情報をドブに捨てはしないし、白人どもに売り渡したりもしない。そうだろ？　おまえなら軍の欺瞞を暴きだして世界に真実を伝えられる。おまえにはおれたちとおなじ魂《ソウル》があるからな」

酒や大麻にもましてサムは、内部告発のロマンチシズムに酔っていた。軍の上層部に向いた不信感や白人憎悪が、グスクへの情報提供に踏みきらせたらしかった。また連絡するさ！　グスクは酒代を支払ってAサインをあとにした。サムの告発を聞いたあとだからか、普段よりも米兵の出足が悪いような気がしてならなかった。

えらいことになった。弾薬庫地区で兵器のガスが漏れた。

軍や政府は、それを隠蔽しようとしている。

さてさてどうしたものか、とりあえず帰って寝ようか。

というかすすんで帰りたい。問題が大きすぎて、布団をかぶって知らんぷり《チラブイ》したくなった。

帰らずにできることはあるか？　この一件にかぎっては米民政府の伝手は頼れそう

にない。アーヴィンはこの件では事実を握りつぶす立場に回るはずだ。さしあたってＡサインをはしごして米兵に探りを入れてみても、めぼしい情報はつかめず、琉警にも報せは入っていない。キャンプ・クワエや憲兵本部にも足を運んでみたけど、人の出入りは激しくなっていたものの遠巻きから見張るだけでは事故発生の確証はつかめなかった。明け方には現場にも向かおうとしたけど、グスクの足はまんまとすくんでしまった。

だってガスだもの。毒ガスだもの。恐怖心なしでは近寄れないさ。

うろついたらまずいんじゃないか、ガスマスクもなしに――

そこでようやく思い出した。あるときから〝戦果〟に交ざりだしたガスマスクのことを。思いがけない現実の符合に、背筋が凍った。喉が焼けるようにうずいた。島じゅうに〝戦果〟を配るなにものかは、このガス漏れを予見していたということか？

「持ちこまれているとしたら、ＶＸガスの可能性が高いでしょうな」

漏れたガスの正体を知るために、新聞に寄稿していた琉球大学の知念《ちねん》教授を訪ねた。軍事生化学の分野では並ぶものがいない第一人者だそうで、この老教授が言うことなら信用しないわけにいかない。数年前からこの島には、化学兵器を専門にあつかう中隊が派遣されているという話があって（二六七化学中隊《ケミカル・カンパニー》、と教授は呼んだ）、サリンガスやマスタードガスを運用するこの隊は〝死神部隊〟の異称で恐れられていて、致死性の神経ガス〝VXガス〟はわずか十ミリグラムでも成人男子を葬《ほうむ》り、五リットルもあれば島民を残らずあの世《グソー》に送れる殺傷能力をそなえている。人体に吸収されるとたちどころに中枢神経が侵され、揮発性が低いぶん残留性が高いので散布から一週間は除毒もされない。呼吸器だけではなく皮膚吸収でも毒性を発揮するので、実際にはガスマスクだけでも防ぎきれない。

「実におっかないね。化学兵器のなかでも製造や運用が難しくないわりに、威力は絶大ときとるんだから。散布された土地は生き物の住めない〝死の領土〟になってしまうのさ。研究者たちがこのガスをなんと呼んでいるかご存じかね」

さんざん脅されて膀胱《シーバイブクル》の決壊を案じていたグスクに、老教授はこう言ったのさ。

「貧者の核爆弾さぁね」

脅しが効きすぎたね、グスクは半日寝こんだ。

あくる日も半分はまごまご《トゥヌーマヌー》して、もう半分は右往左往《テイオーサオー》してすごした（シャンとしてくれ、恐ろしい事故を察知している唯一の沖縄人《ウチナンチュ》かもしれないんだから！）。

こうなったら猶予はなかった。証拠を固められていなくても新聞社にネタを持ちこみ、報道に乗せて世論に訴えるしかなかった。ところがその日の夕方、署をあとにして新聞社に向かおうとしたところで、玄関で待ちかまえていた来客につかまった。

「アーヴィンが呼んでいます」

ありゃあ、勘づかれたか。自由に動きまわれるのはここまでか。署の裏手に停まった黄ナンバーの車には、アーヴィン・マーシャル自身が乗りこんでいた。白い開襟シャツに紺色のジャケットを羽織り、素足をよく磨かれた革靴に挿しこんでいる。キャンプ・クワエ、憲兵本部、琉球大学とまわるなかで尾行や監視には気をつけていたつもりだったのに。アーヴィンのまなざしはグスクの頭部を割ってあまさず中身を覗き見ようとしていた。

「わたしに報告すべきことがあるんじゃないかな」

アーヴィンと小松に挟まれて後部座席に座らされた。張りつめた表情からしてアーヴィンが言いたいことはわかった。米軍の最高機密をどうして一介の捜査員が嗅ぎまわっている？

「はぁーや、どの件かね」グスクはそらとぼけた。

「腹の探りあいはよさないか」アーヴィンはいらだっていた。「基地のなかに情報提供者がいるんだろ。軍の機密が漏れているなら、対処しなくてはならない」

「追ってる事件はひとつじゃないから、どれと言ってもらえんと話しようがないさ」

「はぐらかすなよ、グスク。事故のことをしゃべってる人間がいるんだろう」

「あんたがそんなに血眼になるなんて、あながちガセネタじゃなかったたってことかね。ようするにその事故を隠したいんだな」

　アーヴィンの精悍な面差しが強ばって、彫刻のような無機質さを増している。かたわらで通訳する小松の緊張も生半可ではなかった。この顔つきになったアーヴィンは譲歩しない。親密さも紳士的なふるまいも放棄して、米民政府の利益だけを優先するときのアーヴィンだった。

「あのさ、おれがあんたと組んだのは、地元の犠牲が出ない島を目指すと言ったからさ。それなのにどんな事故だったかも教えてもらえんようじゃ話にならん。島民たちが危険にさらされてるのに、ハイハイと命令を聞けるわけあらんがあ」

「今回の事件で、島民の被害はいっさい出ていない」

「どうかね、あんたが目くじら立てるほどの非常事態なんだろ」

「嘘はつかない。家族の墓に誓ってもいい」

　こっちは話したぞ、つぎはそっちの番だとアーヴィンが睨んでくる。情報の経路を明かせばサムはどうなる？　軍事裁判にかけられて重刑もまぬがれない。付き合いの長さや身分の差は問題じゃない、事実を話してくれるほうの肩を持ちたくなるのは当然の人情だった。

「おれは噂を聞いたわけさ。あんたの命令で動くようになってから、酒場では聞き耳を立てる習慣がついてるから。おれがそこそこ英語をわかるなんて知らないもんだから、酒も入った米兵はぺちゃくちゃとよくしゃべる」

「そんなごまかしが通じるわけがないだろう！」アーヴィンは激昂して車の座席を膝で蹴り飛ばした。小松すらも驚いて通訳が遅れるほどの剣幕だった。「たしかな筋からの情報提供がないかぎり、君が動くはずがない」

「ごまかしてるのはどっちよ、こっちは専門家に話を聞いてきた、弾薬庫にあったのはVXガスだって！　猛毒のガスが漏れたってのにあんたらはまだ基地のため米国のためかよ。事故を隠蔽するつもりなら、おれはもう協力できん」

「隠すつもりはない。この事故には重大な犯罪がからんでいる可能性がある」

「ああ、犯罪？」

「だから事態が判明するまでは公表を控えようというだけのことだ」

「だけどもたもたしてたら近くの住民が、かわいそうなウサギとおなじ目に遭うさ」

「グスク、理解しろ。ここにきて激情に流されるな、一面的な正義感だけで動くな。新聞社にでも駆けこむつもりらしいが、われわれはこの島の情報統制のプロフェッショナルだぞ。スクープの掲載なんて許すわけがない」

あからさまな圧力をほのめかして、黙っているなら君の関与も疑われかねないとアーヴィンは語気を強める。言い争いながらグスクは、重大な犯罪、という一言がひっかかった。ガス漏れにつながる犯罪行為ってなんなのさ？

キャンプ・カデナの北の弾薬庫地区には、最盛期の戦果アギヤーがしばしば侵入していた。たとえば地区の一画、サムが言うところの〝レッドハットエリア〟に賊が入りこんで、その影響でガス漏れ事故が起こったとしたら――

返還も近づくこの時勢に、最警戒地区を叩ける戦果アギヤーがいるか？

グスクが知るかぎり、そんなことができる男は、後にも先にもこの島にはひとりしかいなかった。

アーヴィンがさらに強硬に諭してきた。

「政府にとって君は、脅威になりつつある。基地のなかにまで情報網を築き上げ、土地のギャングとも交流がある現地協力者を野放しにするのかってね。上層部のそんな批判を抑えてきたのはこのわたしだ。かばいきれなくなったら君の立場も、妻や子どもとの暮らしも危うくなる。だからわたしを困らせないでくれ」

アーヴィンがそんな脅迫めいた言葉を口にするなんて、それほど深刻な事態ということか。そしてそれほどの事態になってもアメリカーは変わらない。恫喝《どうかつ》と懐柔のチャンプルー。片手で撫でて片手で殴ってくるような仕打ち。それらはアメリカーの常套《じょうとう》手段だった。グスクはうんざりしていた。心底からうんざりしていた。

「あんたならわかるはずやさ、アーヴィン」

すがるような思いでグスクは、通訳を介さずに英語で語りかけた。

「おれに新聞社に行くなって言うなら、この島のことを変わらずに心配してるなら、米民政府からすぐに事実を発表してくれ」

あんたにならおれの言葉は伝わるはずやさ、グスクは祈るような心地になった。たしかにここにいるのは、国家の仕事を背負って沖縄《シマ》に滞在するアメリカーだ。若くして情報機関の長を務めるほど有能な、アメリカーのなかのアメリカーだ。だけどそこらの憲兵《MP》や米兵とはちがう。アーヴィン・マーシャルは悪いやつ《ヤナムン》じゃない。出逢ったころの自分の直感に、グスクはもう一度だけ賭けてみたかった。ところがアーヴィンは間を置かずに頭をふって、

「現時点での公表はない」

と、すげなく言い放っていた。

「だったら、これまでやさ」

グスクは身を屈めて、車の天井に頭をぶつけながら小松の膝に身を投げた。アーヴィンの手を振りほどき、両手足を暴れさせて、座席の扉を押し開けた。でんぐり返し《チンブルゲーヤー》しながら車外に飛びだして、そのまま一目散に駆けだす。アーヴィンたちの声にも振り返らない。強行突破でもしないかぎり、身柄の拘束もされかねなかった。

琉米の〝友人〟関係もこれでご破算だ、ほんとうにこれまでだ。

アメリカーの特命で動くことは、二度とない。

今度という今度は、本気だった。米民政府に弓を引いたのだから、かなりまずい立場に追いこまれるのも覚悟しなくちゃならない。まっさきに家族の身の安全を確保したかった。アーヴィンが身内に危害を加える卑怯者《ハゴームン》だとは思いたくないけど、諜報の人間はいざとなったらなにをするかわからない。だから新聞社に飛びこむ前に自宅に戻って、どうして引っ越し《ヤーウーチー》なんて！　と反対する妻と姑を説きふせ、恩納《おんな》村《そん》に暮らす知人のもとを頼った。

国吉《くによし》さんは変わらずに、グスクを助けてくれた。

「おまえさんの頼みなら、断るわけにもいかないさ」

腰に負った創傷《きず》のせいで車椅子生活を余儀なくされ、タクシーの運転手も廃業して、故郷の恩納にひっこんで反戦地主になっていた。

国吉さんなら信頼できるし、軍司令部《ライカム》にもこの関係は知られていない。国吉さんは空き家になった親戚の家を貸してくれた。海辺にたたずむ瓦葺きの貫木屋《ヌチジヤー》、石積みの門垣《ヒンプン》。海鳴りがゆったりと染みこむ沖縄《ウチナー》の古い民家だ。生家を懐かしんだ姑のおかげで、サチコもようやく落ち着いた。砂まみれの屋内を住めるように掃除してから、グスクは独りでコザに戻った。

新聞社にはアーヴィンの手が回っているにちがいない。だったら警察署に出入りする記者に情報を流せばいい。ところが職場に戻ったところで面食らった。たった一日を空けただけで、刑事課のグスクの席がなくなっていたんだよ。

「この馬鹿たれ《シタネームン》、突っついたらならんところを突っついたな」

琉警本部のお偉いさんがぞろぞろと現われて、いまさら戦果アギヤーの過去をあげつらってグスクに懲戒免職の裁きをくだしたっていうのさ。ここまであからさまにやるのか、アーヴィンは強権をふるって食いぶちを奪い、グスクに二の足を踏ませるつもりらしかった。

そういうことなら徹底抗戦だ、たとえ無職の宿なし《ムヌクーヤー》になっても、真実を握りつぶさせてなるものか！　徳尚さんに啖呵《たんか》を切ったけど、新聞社に電話してもやはり社会部に取り次いでもらえなかった。根回ししても無駄さ、この島の記者たちは権力に屈するたまじゃない。反米派の記者とかけあってネタを持ちかければ、圧力を恐れて公表を控えたりはしないはずだ。

そうでなくてもこの事件には裏がある。地元の街に配られる〝戦果〟、そこに交ざっていたガスマスク、弾薬庫地区で起こったという〝犯罪〟、この島で暗躍するものがそろって口にするひとりの男の〝島内生存説〟――

たった一度だけ、グスクに届けられた手紙。

親友《イイドウシ》にかけられた〝黒幕〟の嫌疑。

それらのすべてはどこかでつながっていて、歳月をまたいで沖縄《ウチナー》を震撼させる事態が進行している。どんなかたちであれその背後にコザの英雄が影を落としているのなら、遠景にいまだくすぶる謎《ムヌアカシエ》に決着をつけるためにも、隠された真実を暴きださなくてはならない。とにかくまずは毒ガスの漏洩《ろうえい》を世に知らしめることだった。

おれはとことんやってやる、アメリカーとの一世一代の大喧嘩《ウフオーエー》やさ！　権力をかさにきたアーヴィンの暴挙にめらめらと反骨心が燃え上がっちゃって、徳尚さんに付き合ってもらった地元の屋台でもおおいに気勢を上げた。ところが署の長椅子で目覚めたあくる朝、届いていた朝刊になにげなく目を通したところで、あごが落ちた。一面の見出しに躍っていた文字に、寝癖をそりかえらせたままでグスクは茫然自失《ぼうぜんじしつ》してしまった。

『米軍、沖縄にも毒ガス部隊配置
軍人ら24人入院、本土政府も事態を重視
返還交渉にも影響か』

記者とはまだ会ってなかった。別の経路で特ダネを抜かれたのさ。アメリカ本国で出された号外を島の新聞が後追いで報じていた（被害米兵の家族が軍の対応の悪さに憤って、ウォール・ストリート・ジャーナルに告発したらしい）。スクープを競っていたわけでもないし、毒ガス漏れの事実は公表されたのだからこれで万事解決、とはいかなかった。

「おれだけ琉警を追いだされて、人生めちゃくちゃさぁね！」

「アメリカーの上司に詫びを入れて、戻してもらえんのか」

「あれだけ大見得を切っちゃったのに、戻るに戻りきれん。俸給なしになったなんてサチコになんて言い訳したらいいのさ」

つくづく貧乏籤《びんぼうくじ》を引かされた。特命捜査はもう懲りごりだったけど、だからこそ琉警には籍を残しておきたかった。これじゃお先真っ暗さあ！　国吉さんにはあらかたの事情を明かして愚痴や泣き言を聞いてもらった。すぐそばの海岸まで車椅子を押していって、これから沖縄《シマ》がどうなるのかをあれこれと語りあった。

「今度ばかりはただではすまん」と国吉さんは言うのさ。「毒ガスを無断で持ちこむなんて度を越しとるやあらんね。国際社会でも大きな問題になるだろうし、親米派も愛想をつかす。軍や政府への信用は地に堕《お》ちて、アメリカーが保ってきた島の秩序は崩れ去るさ」

それからしばらくはラジオや新聞にかじりついた。瀬長亀次郎も屋良朝苗も、政党の指導者たちもそれぞれに会見を開いて、一線を越えたアメリカーの暴政に憤りをあらわにした。グスクの脳裏をくりかえしアーヴィン・マーシャルやサミュエル・ヴァン・ホーン、ポール・W・キャラウェイやそのほかの高等弁務官、軍司令部《ライカム》の門衛や案内係、憲兵《MP》たち、特命捜査で検挙してきた米兵といったアメリカーの顔がよぎっていった。

　親米派というわけではなくても、たいていの島民よりもグスクは米民政府と近しい立場にあった。個々の顔を見れば、胸にきざすのはかならずしも負の感情ばかりじゃない。だけどひとたび国家の単位となると、もはや擁護できるところは見つからない。星条旗を中心に世界が回っていると思いあがったアメリカ。人権を重んじるふりをして、地元の人々を庭先の石ころ《ナー・ヌ・グマシ》としか見ていないアメリカ。基地にはいつなにが持ちこまれるかわかったものではないし、軍事機密の名のもとにその情報は開示されず、あげくに管理まで杜撰《ずさん》ときている。このぶんじゃ核もいずれ誤爆でドカーンだ！　つくづく思い知らされた。アメリカはたえずどこかで戦争をしていたい国であり、この島をそのための島だとしかとらえていない。

　グスクのなかでも、本土復帰派のグスクが旗を振りはじめていた。

だってそうやさ？　こんな事態は早くなんとかしないとならない。

あいつにそんな話をしたら、いまさら気づいたわけ？　とか言われそうだけどさ。

ところが数日と置かずに、あらたな新聞の見出しが朝野を沸かせた。
グスクはまたしても目を疑った。

『毒ガス、日本政府は知っていた』

知っていた？
複数の証言が上がっていて、政府の関係者も大筋で認めているという。
まさかそんなことがあるか、知っていたってどういうことよ。
知っていたのならどうして、どうして放っておくことができるのさ。
毒ガスの持ちこみを黙認していたのなら、本土《ヤマトゥ》もまた同罪というほかはなかった。
「これが現実やさ、本土《ヤマトゥ》のいつものやりくちということさ」
この報道には、国吉さんもすぐには立ち直れないほどがっくりきていた。
聞いているのもつらいその嘆き節は、それでもたしかに土地の叫《シマ・ヌ・アビー》びだった。
おためごかし《ユクシ》、空約束《ユクシ》、口からでまかせ《ウフユクシ》。
それらをテーブルに並べて、沖縄《ウチナー》を裏切ってきたのが日本《ヤマトゥ》だ。
アメリカに追従するばかりで、不都合な真実にふたをしてきたのが日本《ヤマトゥ》だ。
これじゃあ本土復帰の旗も振れない――

「ずっとそうだった。飛行機が墜ちようが、娘たちが米兵の慰みものになろうが知らんぷり。毒ガスが持ちこまれようが見て見ぬふり。なにもかも本土《ヤマトウ》の政府にとっては対岸の火事《トウナイバタ・ヌ・ワジヤウエー》さ。自国の領土なら大騒ぎすることでもこの島で起きたらやりすごす。肝心なのはわれら沖縄人《ウチナンチュ》の安全や尊厳やあらん。アメリカーの機嫌を損ねずに自分たちの繁栄を守ることとさ。残念ながらこの島はもうずっと日本列島には勘定されておらん」

だれもがその報せには傷ついていた。もしかしたら毒ガス漏洩事件そのものよりも。アメリカと日本《ヤマトウ》への憤りが決壊して、それまでは怒っても指一本動かさなかった人たち――デモ嫌いの冷笑家《ヒンサー》や寝たきりのお年寄り、子ども、家族十二人ぶんの家事で忙しいお母《アンマー》さんまで、あらゆる世代の島民たちがこぶしを突き上げようとしていた。もつれあって高ぶる故郷の叫び《シマ・ヌ・アビー》をグスクは静かな恩納の浜で、遠い祭り囃子《ばやし》のように聞いていていた。

われらが沖縄《シマ》の本土返還は、ゆるやかに実現へと向かっていた。

連日の報道は、日米政府の交渉によって返還が秒読みに入ったとも伝えていた。

リチャード・ニクソン大統領はベトナム撤兵計画を発表し、数千人の海兵隊員がまとめて島に帰還するらしい。米軍は毒ガスの撤去を表明したけど、実際に兵器が撤去されたかを確認する手段なんてないのはわかっていた。

隠遁《いんとん》生活を送っている国吉さんがいたおかげで、おしゃべり《ユンタク》の相手には事欠かなかった。琉警を免職になったことは家族に秘密にしておいてもらって、グスクは太陽が高くなってから目を覚まし、夜空が白むころに眠りにつく日々を送った。

ラジオや新聞にふれていないときは、息子のリュウのおしめを替えて、サチコの家事を手伝って、海の周辺をぶらぶらと散歩した。絹のように滑らかな熱砂の上に、海は捧げものを置いていく。琥珀色の二枚貝。珊瑚のかけらや海藻。海底で眠っていた幾千もの鉱物。ズボンの裾をまくってそれらを拾ってはリュウに見せてやった。砂まじりの風にシャツをふくらませながら、黄昏の色に染まる水平線を見つめてしまうのが島育ちの習性だということも思い出していた。

明日もそのまた明日も、粗暴犯《ナムジャー》たちと取っ組みあわなくてよかったし、軍司令部《ライカム》に呼び出されることもない。降ってわいた自由と、本土復帰へのそわそわした心地、揺れる思い、それらがよってたかって朝寝・朝風呂をこよなく愛する本来のグスクへ立ち戻らせていた。毒ガス事故の背景にある〝犯罪〟のこと、〝戦果〟のこと、探らなくちゃならないことがあるのはわかっていたけど、潮風に吹かれる居眠りを止めることはだれにもできなかった。ほとぼりが冷めるまではコザに帰らないほうがいい、それはたしかだったので、どうせならアーヴィンの強権行使がもたらしたこの休暇を堪能してやるさと居直っていた。

「あんた、顔の締まりがなくなったねえ」

「働きづめだったからな、しばらくのんびりするさ」

「ずーーーっと、家におらんかったもんね」

「家族水入らずで静養しても、罰《ばち》はかぶらん。ところでサチコー」

「なにしてるのさ、真っ昼間から外でえ」

サチコにはまとめて休暇をもらったと言ってあった。口喧嘩《ムンロー》はたえなかったし、毎日のようにちゃらんぽらん《テーゲー》とか屁こき亭主《ヒーヒラー》とか罵られたけど、それでも留守がちだった夫が四六時中そばにいることで、サチコの機嫌は悪くなかった。

妻と子と過ごす時間は、グスクにとって贅沢《ぜいたく》な余暇だった。寝床でそそくさと体をさわっても払いのけられなくなっていたし、リュウはかわいい。二歳を過ぎてもおむつを卒業できておらず、食いしんぼう《ガチマヤー》で、鼻が曲がるほど臭いうんちをする。海が大好きで、手足は蚊《ガジャン》に食われた痕だらけで、抱き上げるとものすごく真剣な瞳でグスクを見返してきた。

地元のコザを離れて、海のそばにいるだけなのに、本土復帰や反戦運動の騒ぎが遠い国の出来事のようにも思えてくる（それはこの島の海浜地帯の魔力だ。そこに流れるたぐいまれな時間はすっかり骨抜きになる危険とも諸刃《もろは》の剣なのさ）、このまぐうたらしていたらまずいと危機感をおぼえながらもグスクは、国吉さんのところに行って古酒《クース》の一升瓶を持ちだし、夜の砂浜でふたりで飲みかわした。おしゃべり《ユンタク》の話題がつきることはなく、ゆるやかな時間の心地良さもあいまってついつい深酒しがちになった。

「おれまで雲隠れしちゃって、あいつはコザに独りになっちゃったな」

「あの人にも、居場所は教えてないのか」

「なにがあるかわからん、あいつまで巻きこまれたら面倒やさ」

「わたしはずいぶん会ってないが、あいかわらず忙しくしてるんだろうな」

「あいつはどう思ってるのかね、本土復帰のこととか……」

「ずっと故郷《シマ》で運動をやってきたものは、みんなどこかで気がつかされるのさ。アメリカから日本《ヤマトウ》に施政権が移ったところで、大事なことは変わらないんじゃないかとな。わたしはそこで離脱したくちだが、さんざん日本《ヤマトウ》のふるまいに落胆や幻滅をおぼえてそれでも運動をやめんものは正真正銘《マクトウ》の愛郷者さ。ああいう女《ひと》があきらめずに声を上げてくれているだけでも、この世はまだ捨てたものではないと思える。最後まで〝核ぬき・本土なみ〟の望みを信じてみたくもなるさ」

昼下がりの子守のさなかに、満ち欠けする月を眺める夜更けに、布団にもぐりこむ明け方に、ふとしたはずみにそれは襲ってくる。夕暮れどきの海にまだらな橙《だいだい》と紫色の雲が垂れこめているのを見たときには、海に廃棄されたかもしれない化学物質のことを思い出し、恐ろしい毒ガスのことを思い出し、リュウのぽちゃぽちゃの皮膚が毒の色に染まる幻覚にさらされて、あがひゃあと絶叫《ヤナアビー》を上げることもあった。

残暑の季節が過ぎて、秋の風が吹きはじめても、突然の恐怖がグスクをがんじがらめにする。毒ガスを吸ったサチコとリュウがすべての内臓《ワタ》を吐きだす。不可解な病気。黴菌《ばいきん》。黒い膿疱《のうほう》。珊瑚礁《さんごしょう》のようにがさがさした皮膚のできもの。リュウが呼吸困難になり、身動きができなくなって昏睡《こんすい》状態におちいる。大気に満ちた化学物質のせいでちいさな頭が、枕に脂染みをつけながら溶けていく。息子の頭の上でだけB52が墜落したみたいに、燃えるようにぐちゃぐちゃ《ヌタ》になって、どんなに抱きしめても溶解を止めることができない。おぞましい悪夢から跳ね起きて、やっぱりこんな島にはおられん、毒ガスの充満する土地で子育てはできん、家族でどこかに逃《ひ》んぎらなくちゃならんとわめきちらして、サチコに一蹴された。

「ちっちゃな子をつれて、見ず知らずの土地で生きていかれん！　あんたがそんなに取り乱したらならんが、あたしらまで怖くなるさ」

たてつづけに悪夢にうなされてげっそりした日には、海辺にひとりたたずんで、すると会えなくなった人々のことが脳裏に浮かんでは消えた。

友達《ドウシ》、幼なじみ、警官たち、アメリカーたち、日本人《ヤマトンチユ》たち。ちゃー元気《ガンジユー》な？　だれもグスクのことは憶えていないらしい。だれも連絡してこない。だれも会いにこない。ひょっとしたらグスクに秘密で示しあわせて、全員でニライカナイに渡っていったのかもしれないと、孤独な海景を眺めながらよるべない寂寥《せきりよう》感をもてあそんだ。すくなくとも年明けまでは隠れているつもりだったけど、そわそわして腰が据わらなくなった十一月、国吉さんが大事な用で那覇に出かけるというので、悩んだあげくにグスクも同行させてもらうことにした。

あれから四半世紀——あの戦争から長い歳月が過ぎて、島ぐるみの闘争があり、おびただしい事件や事故があり、民衆運動が大きく政治を動かすにいたって、われらが沖縄人《ウチナンチユ》は運命の一日を迎えようとしていた。

荒々しい足踏みが、大地を脈動させていた。

衝きあがる声のこだまが、風を四散させていた。

それはそういう一日だった。国吉さんの用事とは、沖縄の返還を決めるためにアメリカの首都に発った佐藤栄作と、待ちかまえるリチャード・ニクソンとの首脳会談の現場中継を、復帰協の本部でかつての同志と見届けようというものだった。

「つまりだな、あの条約が延長になるかどうかというところで、日本《ヤマトウ》としては〝沖縄返還〟の一大問題をかたづけておきたい。アメリカのほうでも返還にあたる財政負担を負わないことは織りこみずみで、自国が優位になるような協定の改変も申し入れてくるだろう。佐藤がニクソンから〝沖縄県を買い戻す〟という姿勢を明確にするようになってから、返還そのものは既定路線さ。この首脳会談で注目すべきは〝核ぬき・本土なみ〟がどうなるかよ」

グスクが押す車椅子には、報道番組に周波数をあわせっぱなしのラジオがくくりつけられていた。官邸での会談が終わり次第、両首脳の共同声明が出される予定になっているという。現場の中継が入るこの日ばかりは、米民政府もあちこちの警戒や配備に追われて、毒ガス騒動で逃げだした元捜査員どころではないはずだった。

復帰協の本部を訪れた国吉さんは、あの女《ひと》も来ているはずやさと声を弾ませた。ひさびさに会えることを楽しみにしているようだったけど、職員たちの悲喜こもごもの熱気が満ちた本部にヤマコの姿は見当たらなかった。すでにテレビでは特別番組の放映が始まっている。現地に渡った報道記者がホワイトハウスを背景にして、沖縄時間では深夜に声明が出るはずです、それまでもうしばらくお待ちくださいと実況をつづけていた。

とっくに来てるはずなんですけど、と復帰協の職員たちは言った。

こんな日にあいつ、なにかあったのか？

あらゆる集まりで裏方に精を出していたヤマコが、これほど大事な日にかぎって出不精《ヤーグマヤー》になるわけもない。胸騒ぎをおぼえたグスクは電話を借りた。自宅の呼び出し音は鳴りつづけ、学校にかけてもつかまらない。心当たりを復帰協の職員たちに聞いて、首里の施設にかけたところでようやくその声を聞くことができた。

「え、ニイニイ、本部にいるわけ？」

電話の向こうが騒がしかった。ヤマコは数ヵ月の連絡不通を責めてきた。

「どこに行ってたのさ、なにも言わずに引っ越し《ヤーウーチー》なんてひどいやあらんね」

「事情があったんだよ。おまえこそお仲間とテレビは観なくていいのか」

「首里に寄らないとならなくて、連絡が入ったから。これからコザ署にも行かんと」

「警察に？　どうした、施設の子が家出でもしちゃったか」

「あんたはならん、来たらならん！」

電話の向こうでヤマコが、だれかに声を荒らげている。

「だめ、津波古さん。ウタは部屋におらせて！」

「なんの騒ぎだよ。ウタがどうかしたのか」

「ついてきたらならんって言ったのさ。これから身元の確認があるから——」

署の玄関で落ちあったヤマコは、限界までねじを締め上げたかのようだった。うかつにさわったら全身の腱《けん》が弾けてしまいそうなほど気を張っていた。復帰が近づくなかでデモや集会に明け暮れてきたんだろう、頬はやつれ、首は細くなり、それでも青白い火を燃やしているような、浮世離れした凄みすら漂わせていた。

署内のテレビも首脳会談の特別番組を映していた。佐藤とニクソンはまだ会談の席についているようで、報道陣のカメラの前には出てきていない。ヤマコは施設の女性職員と、制止しきれなかったというウタを同行させていた。

明滅する蛍光灯は青ざめて、足音の響く廊下を肌寒くしていた。案内されたのは署内の霊安室だった。ふたつの遺体が寝かされている。ちいさな遺体にかぶせられた白布をずらしたヤマコはあごと睫毛を震わせ、それでも表情を崩さずに無言でうなずいた。女性職員に肩を抱かれていたウタは、遺体の顔をさっと一瞥《いちべつ》すると、まばたきも呼吸も忘れたように静止して、唇を噛みしめ、霊安室の死神を振りはらうように廊下へと飛びだしていった。

「わかっているのは、無理心中ということぐらいでなあ」

わざわざ立ち会ってくれた徳尚さんが嘆息を漏らした。

本土復帰が決まろうかという、運命の日の裏側で――

ある母と子の亡骸が、残波岬《ざんぱみさき》の崖の下で発見されていた。

ずっと美里で女給をしていた母親は、わが子を施設に預けっぱなしにしていたが、近年になって親心《ウヤグクル》がついたのか、娘を引き取って同居するようになっていた。ところが一ヵ月前、転居の形跡もなくアパートがからっぽになっていて、ヤマコたちによって捜索願が出されていた。

情緒の安定しないところがあった母親については不安視する声もあったが、再婚が決まって特飲街の仕事からは足を洗い、公設市場で働きはじめたという本人の熱意に押しきられるかたちになった。なんといってもキヨが、お母さん《アンマー》と暮らせる、ばんざい！　ばんざい！　と歓喜《チムフジュン》をあらわにしていたのもあって、職員に水を差すことはできなかった。

「施設の判断は責められないが、引き渡すのは尚早だったたな」徳尚さんはグスクを廊下に連れだした。「公設市場も辞めとった。あの母親の手や足は注射痕だらけさ。これから身辺を洗うが、胸が悪くなる話しか出てきそうにない」

そのとき屋外から声が聞こえて、グスクはあわてて廊下を駆けだした。署の玄関を出てすぐのところで、ウタが膝をつき、石粉《イシプー》敷きを削るように爪を地面に立てて、幼児退行でも起こしたように四《よ》つん這《ば》いでのたうちまわっていた。

あがひゃああっ、ふがあ、むああぁぁあああっ――

身も世もない叫び《アビー》がグスクの胸を貫通していた。大股で飛びだしたヤマコが、ふがあっ、ふあああっと七転八倒《しちてんばっとう》するウタを抱きすくめる。あられもない慟哭《カジチリアビー》で砕け散ってしまいそうな心と体をつなぎとめるように――

「ウタ！」

慰めの言葉は吐かなかった。ただウタを抱きすくめた。

「ウタ、ウタ、怒ってもいい、泣いてもいい。だけど自棄になったらならん」

あなたまで暗い感情に呑みこまれたらならん、目の前を曇らせたらならん。ヤマコが口にしたのとおなじ悲痛な励ましの言葉を、グスクはこれまでにも聞いたことがあった。遺体の身元確認に立ち会った場面で、大事な人を奪われた遺族たちから――ヤマコもきっとそんなふうにだれかに諭され、慰撫されたことがあるんだろう。

勘弁してくれ、もう勘弁してくれ。この島の人たちはみんな、理不尽な運命にあらがう処世術を、身のよじれるような悲嘆や憎悪からの自衛手段を教えられて、いまもそれを次の世代へと引き継いでいる。そんな営みをいつまでつづけなくちゃならないのか、この島がふたたび日本《ヤマトウ》になって毒ガスも兵器も基地もなくなったら、もっとまともな知恵を継いでいけるのか？

胸が悪くなるような話しか出てこない。徳尚さんの勘は外れていないだろう。それでもここにいてもグスクにできることはなかった。

特飲街の客足はまばらだった。すでに看板を下げている店も多かった。米兵たちも今夜は兵舎のテレビにかじりついているんだろうか。路地の突き当たりにあるAサインで、グスクが訪ねた女店主は頰杖《ほおづえ》を突いてテレビを眺めていた。

「あらぁ、珍しいお客さん」

あいさつもほどほどに、残波岬の心中事件のことを話した。

キヨの名前が出たとたん、チバナは注文された酒を注ぐことができなくなった。うなだれて息を吐き、カウンターに肘をついて、顔をもたげるまでに時間がかかった。

「どうしてあの娘《こ》まで、道連れだなんて……」

「お見舞いにも来てたよな、ウタと一緒に」

「あの娘《こ》のお母さんはハツネっていって……ねえ、あの母娘《おやこ》のことを聞いたらあんたは、それをそのままウタに伝えるわけ」

「知っておいたほうがよさそうなことなら」

「知らんほうがいいことが多いよ、この美里《まち》には」

美里でも古株になったチバナはあらかたの事情に通じていた。たしかにハツネには結婚を約束した若い海兵隊員がいたという。戦場から帰ったら一緒になろう、おれの国の永住権をプレゼントするよ――それは世界じゅうの植民地や統治領でささやかれてきた口説き文句だった。明日も知れない戦時下の情熱が、若い兵士をとびきりの口マンチストに変えるのさ。すれっからしの娼婦《ナリーン・ジュリ》はそんな言葉を真に受けたりしないけど、百の美辞と千の巧言をたえまなく集中投下されたハツネは、うっかり陥落してしまったらしかった。

おれは家族三人でもいいんだぜ、ハニー？

そんな文句に心臓を射貫かれて、施設の娘を引き取る決意までして。

将来の旦那さまはベトナムから帰還して、兵役を終えるまぎわまでたっぷりと気を持たせる。かならず迎えにくるからな、スウィート・ハート。熱烈なハグをかわして、帰国の便に乗りこんで、そしてもちろん二度と戻ってこない。手紙も届かない。待ちぼうけも一年を超えるころには、ハツネも空手形をつかまされたと気がついていたけど、そのころには孤独や苦痛をまぎらわせるヘロインが唯一のよすがになってしまっていた。

「あとはもう奈落の底に一直線さぁね」チバナは悲痛なため息を漏らした。「アメリカーに騙されて薬の中毒《ジョーグー》になるなんて目も当てられない。だけどね、ハツネが落ちた穴底には、さらにもうひとつ底があったのさ」

「騙されたって気づいてたなら、どうして施設から娘を出したのさ」

「若いころのハツネは器量もよくて、気配りが濃やかで、有名な美里小町だったのよ。だけどヘロインの常用は女給の寿命を縮める。客がつかなくなって薬代も稼げなくなったハツネは、やっぱり娘を引き取ることにしたのさ」

「わからん、どうしてそうなる？　養うのもおぼつかないだろ」

「うようよいるのさ、娼婦の子によだれを垂らす米兵たちが。娘がいると知ったとたんに次回は母娘《おやこ》で会えないかとねだってくるアメリカーが。ハツネはそういう熱烈な要望に応えることにしたんだよ。あの娘《こ》を言い含めて、自分とおそろいのシミーズを着せて、母娘《おやこ》でそろって米兵の指笛に迎えられるのさ」

「お、おひゃっ、そんな話をウタに聞かせられるかあ！」

「ほらね、だから言わんこっちゃない」

胸が悪くなるどころではなかった。あの娘はまだ十二、三歳だったじゃないか。ちいさなキヨの心身は、島の大人たちにも耐えられるかわからない受難にさらされていた。

想像を絶するもてなしの強要は、一晩や二晩では終わらなかった。施設を出てから日を置かずに、何ヵ月にもわたってつづいたという。

「あんたらは、止めなかったのかよ」

グスクがそう言ったところで、カウンターの上のテレビの音声が活気づいた。

首脳会談が終わったようです、と現場中継の記者がまくしたてている。

佐藤首相とニクソン大統領が出てきました。まもなく共同声明が発表されます――

「もちろん止めたよ、美里じゅうの女が止めた」チバナは番組を見るともなしにつづけた。「だけどヘロイン漬けの彼女にはだれの声も響かなかった」

「通報するなり、娘を保護するなり、打つ手《アシバー》はあったはずやさ」

「かわるがわる説得して、地廻りのごろつき《アシバー》まで見るに見かねて美里を追いだしたんだけど……ハツネ、薬が切れちゃったのかね。客に乱暴でもされてなにもかも嫌になっちゃって、それであの娘《こ》まで誘って……」

佐藤とニクソンが、ブラウン管のなかに現われた。報道陣に手を振りながら会見の壇上に上がっていく。共同声明が始まりますと記者が告げる。復帰協の本部で、家々のテレビの前で、早仕舞いしたAサインの店内で、警察署で、病院や学校の宿直室で、連れこみ宿やごろつき《アシバー》の事務所で、さながら神託を待つように中継が見守られているはずだった。ほんとうならヤマコや国吉さんと観ているはずの映像を、こうして場末のAサインで眺めている。グスクは見当ちがいの隘路《スージグワー》に迷いこんだような困惑をぬぐえずにいた。

「あたしはよく知ってたのよ、あの娘《こ》のこと……」画面に見入るチバナの目が潤んでいた。「美里からいなくなる直前にもあの娘《こ》と路上ではちあわせたのさ。来たころは潑剌《はつらつ》としてたのに、すっかりふさいじゃってて、あたしはほかの女たちとキヨを囲んだのさ」

いまはお母《アンマー》さんと一緒にいないほうがいい、美里の女たちはそう言って母娘《おやこ》を引き離そうとした。だけどキヨはさしのべられた手にすがらなかった。

もう娘っ子《ミーングワ》やあらん、自分で決められるから。そう言って聞かなかった。

だって一緒にいられたら、さみしくないから。

だってお母《アンマー》さんが独りになったら、かわいそうだから。

あたしはなんにも嫌なことなんてない。精一杯の笑顔をつくって路地を走り去っていった。ずっと育児を放棄され、施設に放りこまれて、悪夢のようなおつとめを強いられても、それでもこの娘《こ》は好きなんだ、とチバナは思ったという。

「最後まであの娘《こ》は、お母《アンマー》さんが好きだったのさ」

だから身を投げた。お母《アンマー》さんを独りにしないために、崖の上から跳んだ。

ついにこのときが、このときがやってきました。テレビの音声がくりかえしている。

佐藤首相とニクソン大統領は、七二年の沖縄の施政権返還に関して合意に達しました。

沖縄の、返還、合意に達しました。戦後二十数年にわたるアメリカの統治に幕が下ろされます。実況中継のその言葉はグスクの頭を素通りしていった。島の少女が残した言葉を反芻《はんすう》していて、報道のその瞬間をとりこぼしてしまっていた。

つづけて声明文が発表されて、あらましを実況者が要約する。沖縄の本土返還にあたって、変更なしで日米安保条約が適用されるということで日米首脳は合意しました。アジア各地の平和と繁栄を守り抜くために、すこしずつ日本が基地の防衛を担《にな》っていくとのことです。島民の悲願であった基地および軍施設の即時無条件返還はないと見てよさそうです。くりかえします、基地の即時返還はないようです。基地の即時返還はないようです。それでもこれは日米首脳の不断の外交努力がなしとげた、歴史的な成果といってよさそうです。

「基地は残るんだね」

チバナは安堵とも幻滅ともつかない表情を浮かべた。

「怒るだろうね、復帰協の人たちは」

「もうなんだか、おれは記憶喪失になりたいよ」グスクには驚きも喜びもなかった。

「基地の問題はうやむやにされて、核や毒ガスもなくならない。戦闘機は墜ちつづけて、娼婦の子は慰みものにされる。この返還で喜べるのはうしろめたさに恰好《かっこう》のついた日本人《ヤマトンチュ》だけさ」

テレビの画面には、革新政党や復帰協の主要な顔ぶれが映しだされる。浮かれているものはひとりもいなかった。見解を発表するだれもが表情に暗い影を落とし、追悼の言葉でも述べているような悲愴《ひそう》さを隠せていなかった。

「これから、どうなるのかね」

「どうにもならん、これも空手形さぁね」

グスクの声はうつろにかすれていた。屋外からの喧騒はたえてひさしく、酔っぱらいの騒ぐ声も聞こえない。犬《イングワ》も吠えない。死んだ少女の喪に服すように基地の島は沈黙して、月の真裏のような静寂に沈んでいた。


夜明けが来世《ユーヌサチ》よりも遠くに感じた。朝の島は故郷《シマ》のために鳴くのをやめていた。昇らなくなった太陽の通夜《つや》をもよおすように小雨《グマブイ》が降ってきて、陰気に濡れた路地裏に流れる時間は、まっすぐに朝へ向かうことを放棄していた。

叫べるだけ叫んで、泣けるだけ泣いてから、電池が切れたようにウタは寝入ってしまったという。ヤマコたちも施設に戻っていた。壁時計は四時に針をあわせている。あくる朝の用事まではここにいるというヤマコに並んで、グスクも広間の長椅子に腰を下ろした。

キヨがたどった経緯を話すのはためらわれたけど、あたしだって特飲街で働いてたんだから、とヤマコは言った。そこで起きることへの免疫はあるからだいじょうぶだと。根負けしたグスクは隠さずに美里で聞いた話を伝えた。

「施設を出たあとのキヨが会いたがらなくなったって。まっさきに異変に気がついたのはウタなのさ。虫の知らせでもあったのかね」

本土復帰のこと、ウタとキヨのこと。教師として運動家としてすごした半生を揺るがす出来事に、ふたつもいっぺんに見舞われたヤマコは、打たれすぎた試合のあとの拳闘士《ボクサー》のようだった。ふらふらになりながら負け試合を噛みしめている。青息吐息で視線をさまよわせ、打ち破られた夢の残骸にしがみついている。

そうかと思えば、薄開きの瞼のあいだに瞳の光も残している。ああいう女《ひと》がいるならこの世も捨てたものではない――国吉さんはヤマコを島の財産のように語っていた。たしかにこの日のヤマコは、浮世離れしてうっかり凡俗の領域を超えてしまったような、弥勒菩薩《ミルク》のような横顔をたたえていた。打たれすぎたボクサーのような弥勒《ミルク》さま。グスクはひとしれず驚嘆していた。すごいね、そんな気配をまとえるのはおまえぐらいのものさ。

「あの娘《こ》は、ウタの妹《オナリ》だったのさ」かすかな声でヤマコがつぶやいた。

「ああ、妹《オナリ》なあ。そんな感じだったな」

「ウタは悔やむだろうね、とうぶんあの子からは目を離せない」

「おまえも心配《シワ》さんけえ、ちょっとは休まんね。今夜はきつかっただろ」

「眠くならないんだよ、きっとみんながそうだよね。だけど宴会《スージ》もやっとらん。復帰が決まったんだから島をあげてのお祝いになるはずなのに」

ヤマコのように一途な復帰派でも、このさきに期待しよう、とは言わなかった。アメリカの統治が終わったところで基地はなくならない。〝核ぬき・本土なみ〟は果たされない。だったらいったいなんのために日本《ヤマトゥ》に戻るのか？　この島の人たちがなにを復帰に望んでいるのかを佐藤政権は、日本人《ヤマトンチュ》はわかっていなかった。いや、わかっていて知らんぷり《チラブイ》を決めこんだ。二国の関係強化のため、アメリカとのいっそうの一体化のために、この島に基地を残しておきたいのはほかでもない日本人《ヤマトンチュ》だ、グスクにもそれがよくわかった。

「腐ったらならん。島ぐるみの団結があるんだから、まだできることはあるさ」

「もとから返還なんてどっちでもよさそうだったし、ニイニイはしぶといね」

「この歳の男をつかまえてお調子者《テーファー》あつかいな？　まあいままでも毎日、言われてるけどねえ」

「だけど、警官としては有能なんだからよくわからんよねえ」

「おー、おまえもようやくおれの真価に気づいたかよ」

「陰ながら悪事を暴いて、粗暴犯《ナムジャー》を投げ飛ばして。ニイニイはすごいよ。悪いもの《ヤナクトゥ》をひとつひとつ打ち倒して、この故郷《シマ》を守ってきたんだもんね」

思いがけないことに、ヤマコはこれまでグスクがやってきたことを概《おおむ》ね知っていた。

高等弁務官の暗殺未遂で大きな働きをしたこと、数々の米兵事件でホシを挙げてきたこと――

おりにふれてウタや国吉さんに聞いていたらしい。予想外の賛辞だったけど、このときのグスクが素直に調子に乗れなかったのは、それとなく責められているようにも感じたからだった。そんなに出来がいいのに、いままでなにをしていたの？　どうして故郷《シマ》からいなくなった親友《イイドウシ》を見つけだせなかったの？

振り返ってみれば、警官になった初志も果たせずじまいで免職になってしまった。コザの刑事とアメリカの秘密の捜査員。ふたつの立場で奔走してきたけど、幼なじみの歓喜《チムフジュン》を呼びさます成果は上げられなかった。それがどこかでうしろめたかったから、これまでヤマコの前では功績を自画自賛《ルーブミー》できなかったのかもしれない。

「ウタのことを、キヨがもっと頼ってくれてたら」

隣りあった横顔を見ながらグスクは思った。今夜、ヤマコは泣いたのか？　そんな気配はない。嗚咽《ナチグイー》も涸《か》れるほどに憔悴《しょうすい》しているようだった。

「あたしたちはもっと、ニイニイにしがみついていたらよかったのかね」

「特別な相手だからこそ、頼るに頼れなかったのさ」

「ずっとニイニイに寄りかかりたくないって思ってたけど、こっちが何倍も働こうって、大事な人たちを全員、食べさせてあげられるぐらいに」

「どうした？　なんか話がまざっとらんか」

「だけど頼らなきゃならん人に、ちゃんと頼っていたら」

いいいい、あたしたち、とヤマコは言った。

自分の境遇をキヨと重ねあわせているんだろうか。

だけどおれは、とグスクは思った。おれはおまえを妹《オナリ》だなんて思ったことはない。

もうずっと前から、親友の恋人《ドウシ・ヌ・ウムヤー》として遠ざけるのもやめていた。

「そうすれば、今夜、大切なものを亡くさないですんだのかも」

肩と肩とが、ふれるかふれないかの距離にあった。

船酔いでもしたみたいにヤマコの目が震えていた。瞳の光彩がきわだっていた。

時計の針は四時をまだうろうろしていて、今夜にかぎっては時間は進むのをやめてしまったみたいだった。ヤマコが身を寄せてきて、ふたりはやがてたがいの瞳に、真っ暗な洞窟《ガマ》の奥で揺らめくランタンの火のような輝きを認めあった。

島育ちのふたりでなくても、人生にはごくまれにこういう瞬間があるものさ。ふいに上がった照明弾のような一瞬の光が、感情のとても深いところにあるものを、細部までくっきりと浮かび上がらせる。すっと伸び上がったヤマコが、汗ばんだグスクの首に長い手をまわして、ふたりの唇と唇が重なりあった。

ハイサイ。ハイタイ。

ふたりは、口のなかであらためて出逢った。

たがいにそのまま、離れなかった。

雄大な海原のどまんなかに、浮き具もなしで放りだされたみたいだった。

これ以上、漂流したくないというようにヤマコはしがみついてくる。

それとも、溺れているのはグスクのほうか？

ヤマコの顔のほうが、グスクの顔よりも上にあった。

息づかいや唾のにおいが、舌が、体温が流れこんでくるような口づけだった。

弥勒《ミルク》さまやあらんがあ、とグスクは思った。こいつは火の神《ヒヌカン》よ。どうしていまになって燃えるかまどに心臓を放りこむような真似をするのさ。もしもこれが数年前なら、美しいまぼろし《チュラ・イーミ》のようなひとときに、痛みも一緒に味わわずにすんだのに。

「――こんなの、なんでもあらん」

顔と顔を離してからは、どちらも追いすがらなかった。

視線をそらさずにヤマコは、グスクをじっと見返した。

「言ったよね、特飲街の免疫はあるって」

「うん、ああ、それがなによ」

「この島で女給をしていて、一度もお酌じゃないほうの仕事をしないですむわけないさ」

「ああ？　なにがやあ、おまえがなんでそんなことを」

「路地の裏で、押し倒されたことだってある」

「だれによう、米兵な？　それとも……」

「だけどなんとも思っとらん。いまでも屁にも思わん。ほんとうにそうなんだよ。男が思うよりもそういうものさ、この島の女を見くびったらならんがあ」

うたかたの口づけにもまして、突然の告白にグスクは胸の奥を衝かれていた。強がりのたぐいじゃない、ヤマコはただ事実を伝えておきたかったのかもしれない。島の男たち女たちはどう生きるべきだったのか、おまえたちはどこから来て、どこに行くのか――だれかがヤマコの唇を通じて問いかけてきたような感触があった。それは静止した時間のなかでだけ、故郷《シマ》が大事なものを亡くしたこんな夜にだけ、立ち現われることのできた真実のかけらだった。

そして時計は動きだし、ヤマコは長椅子で眠りに落ちた。グスクは布団がわりに自分のシャツをかけてやると、施設をあとにした。

家路をたどる早朝の道のり。海鳴りと砂まじりの風。玄関の戸を開ける音で起きてきたサチコに「どうだった」と訊かれた。深夜の共同声明まで起きていられなかったという妻に、グスクは静かに答えた。

「なにも変わらん、なぁんにも。リュウはまだ起《う》きらんな？」

もうへとへとやさと服を脱ぎながら、まぼろし《イーミ》を追いはらうように頭をふった。われらが沖縄《シマ》は日本《ヤマトウ》に戻される。なにかを失くし、つかのまの夢を見て、抜けないくさびを打たれながら、それでも日常はつづいていく。朝飯をすませたら、とグスクは妻に言った。三人で浜の散歩にでも行かないか？

十五　あそこにはおばけがいる、往生際《おうじょうぎわ》の悪い男、ピケット・ラインの攻防

あと二年半。

二年半後の一九七二年には、沖縄《ウチナー》は本土に返還される。

だれもが待ち望んだことなのに、歓呼の声は上がっていなかった。

われらが沖縄《シマ》には、空騒ぎのあとの興奮や希望の掃き残しが散らばっていた。

顧みられなくなった横断幕やのぼりが、路地を這う風に吹きつけられていた。

地球の反対側では、アポロ11号に乗った宇宙飛行士が人類初の月面着陸を果たしたばかりなのに、遥かな空の高みに達した人々もいれば、基地が残される土地に縛りつけられる沖縄人《ウチナンチユ》たちがいて、途方もない落差がまたやりきれなかった。

このところの先生たち、みんながぼんやりさんさぁねと児童たちは言った。ヤマコもあの日から教職員会や復帰協の活動に身が入らなくなり、教室でも自宅でも物思いにふけりがちになった。これからどうなるのか、明日の暮らしや故郷《シマ》の前途に思いをめぐらせるたびに、ふたりの男の顔が胸裏に荒い波風を立てていった。

あの夜、どうしてあんなことをしちゃったのか。

どうしてグスクに、あんなことを言っちゃったのか。

あらかた嘘《ユクシ》はなかった。路地裏で押し倒されたことをなんとも思っていない、というところを除いたら。純潔でもなんでもないんだからこんなの気にしたらならん、そう言いたかったわけ？　はすっぱな娼婦のような物言いを思いかえすたびに、顔から火を噴きそうになった。

どうしてあんなにも結びつきを欲してしまったのか、あの日のよるべなさに、一瞬のよろめきに浮かされて、グスクの気持ちも顧みずに寄りかかってしまった。相手には妻子がいるのに、家族を捨てられる人じゃないのはわかっているのに。妾《ユーベー》にでもなりたいわけ？　いまさら男女の関係に深入りする度胸なんてないくせに。

あたしは卑怯者《ハゴームン》やさ。節度のないあばずれ《ヒンジムン》やさ。

おたがいのためにも、あれはなかったことにしなくちゃならない。

といってあっさりと記憶から消せるほど、ヤマコにとって瑣末な出来事《グマグトゥ》でもなかった。年甲斐《としがい》もなく愚かな横恋慕《シタナサン・ユクミー》にうつつを抜かしているようで恥ずかしくて、別のことを考えようとすると今度は、もうひとりの男に心をかき乱されている。

あれからウタは悲嘆の底から這いあがれず、ふさぎこみ、だしぬけに怒ったり世間を呪ったりして、津波古さんたちを弱らせている。感情を麻痺《まひ》させるために憎しみを駆りたてて、血の出るような胸の痛みや孤独感と向きあうまいとしている。施設ではウタをもてあまし、ほかの子たちへの悪影響にもかんがみて、那覇の心療内科に通わせることも検討されていた。

ただでさえウタには、危なっかしいところがあったから。

孤児のころの悪習が抜けず、ごろつき《アシバー》の使い走りからも卒業できていない。

他人を善悪の判断で測らないところがあって、そのぶん非行にも走りかねないウタを、施設の暮らしにつなぎとめていたのがキヨだった。今年でウタももう十七歳、ここでだれかがしっかりと見ていなかったら、道を踏みあやまるのはあっというまだと思った。

だから対話を試みた。学校行事や集会のあいまにウタを訪ねていって、喫茶店でコーラやコーンドッグをおごったり、懐かしい路地裏を散歩したりもした。だけどすっかり荒《すさ》んだウタは、ヤマコの言葉にもほとんど聞く耳を持たなかった。

「だってこの島が日本《ヤマトゥ》になって、おいらたちになんのいいことがあるのさ。基地はなくならないんだろ、アメリカーもごめんなさいしないいんだろ。おいらの母《アン》ちゃん《マー》にしたことも、キヨにしたことも償わせなきゃならんがあ」

特飲街にも顔が利くウタは、美里でキヨがたどった経緯も耳に入れてしまっていた。出自のことも忘れていない。基地や米軍人への憎悪をたやさずにいることが、ウタにとって世界に向きあうための唯一の手段になっているようだった。

「償わせるなんて、あんたになにができるのさ。あんたが背負いこんだらならん」

「島の人たちは〝なんくるないさ〟って言うんだろ。それでみんな忘れんぼ《ソーヌガー》になっちゃう。だけどそれじゃあかわいそうやさ、キヨが、母《アン》ちゃん《マー》が」

ウタの言葉はヤマコの体の痛みになって、返しのついた釣り針のようにぐいぐいと胸の底を痛ませた。嚼《か》んで含める言葉を探すのは難しかった。

「あのね、それは……忘れなきゃ生きていけなかったから。それだけの目に遭ってきたから。宴会《スージ》にも占い《ハンジ》にもなんにでもすがって、過去をふっきろうとして、そのうえで出てきた〝なんくるないさ〟はただの〝なんくるないさ〟じゃないいんだよ」

「だったら先生も、先生もこれまでのことは忘れちゃったわけ」

「あたしはまだ、その境地に達してないかもしれんけど」

「おいらは絶対に、忘れんぼ《ソーヌガー》になんてなるもんか」

ただでさえ多感な十七歳の男子には、ヤマコの言葉は響きにくいのか。自分よりもグスクのほうが良い忠告ができるのかもしれないとも思った。だけど一緒に会いにいかないかと誘ってみても「いいけど、また今度」と答えるばかりで、これから友達《ドウシ》と約束があるからと雑踏に消えていく。ごろつき《アシバー》のように人波を分ける背中に、焦慮をかきたてられずにいられなかった。

救いの手をさしのべてくれたのは、キヨだった。

その年の暮れ、遺品の整理を手伝っていて、ちょっとした日記のようなものを見つけた。

毎日の出来事や食べたもの、年中行事の感想、試してみた歯磨き粉の感想（ミント味が彼女のお気に入りだった）、花柄やレースの模様の落書きなど、女の子らしい悲喜こもごもが書きこまれていて、施設を出たあとはとぎれている。まるっこい文字を拾い読みしているうちに、刺しぬくような痛みが目頭に込みあげてきた。

ウタと撮った写真も挟まれていた。

これは波《なみ》の上《うえ》のビーチかな？　施設で海水浴に出かけたときに撮ったものだ。照れくさそうなウタの隣で、キヨがピースサインをつくっている。ふたりともまばたきをしていて、ふたりとも笑っている。

記述の大半にウタが出てきた。ウタから言われたこと、ウタと一緒に行った場所、いじめっ子《ウーマクー》からかばってもらったとき、手をつないでくれたときにどんなに嬉しかったか。相部屋の子たちがいないときにウタが部屋に来たときの胸の高鳴り。この日記はウタに形見分けしようかとも思ったけど、だけどどうかな？　年を追うごとに女の子らしい恋心の芽生え《ミルリ》も読みとれるから、キヨは恥ずかしがるかもしれない。自分だったら恥ずかしい。

そんなふうに綴られた、数年をまたいだキヨの日記のなかに、ヤマコはいくつか気になる箇所を見つけた。

〝7月23日　ぎのざにまたいった。
すごくあるいて、むぎわらのおじさんに車にのっけてもらった。
あたしは入らなかった。ニイニイもまっちょけっていう〟

ちがう年の春にも、おなじ場所にふれている記述を見つけた。

〝3月14日　ニイニイはぎのざにいってきたって。
あそこはきらい。あそこにはおばけがいる〟

書かれているのは、宜野座《ぎのざ》のことらしかった。
辺野古崎《へのこざき》と金武《きん》岬に挟まれた、森林部とその付近の集落。施設からはかなりの距離がある。

大人の足でも片道で半日はかかるはずだ。拾い読みしたかぎりでは、ウタとキヨは〝ぎのざ〟に五回ほど出かけている。ウタが単独で行った回数となるともっと多いみたい。宜野座にはなにがあったっけ？　南の金武にまたがって大きな米軍の演習場があるぐらいで、有名な海水浴場も観光名所もすぐには思いつかなかった。

あるときふいに、ヤマコたちの世界に現われたのがウタだ。路地裏や塵捨て場にたむろして、どこにねぐらがあって、どこに帰っていくのかもわからなかった。もしかしたら宜野座は、ウタの来歴と関係があるのかもしれない。ウタには幼少期に記憶に焼きついた原風景があって、それをキヨに見せようとしていたんじゃないか。

おしなべて施設の子がそうであるように、ウタにも秘密がある。過去の傷がある。あどけない瞳で見たものが、現在の彼らに深い影響をおよぼしているということはある。

あらためて出生や原風景にさかのぼれば、十七歳のウタの心を解きほぐすきっかけが見つかるかもしれない、日記を読んでいてそう思った。

年明けのある日、絶好の機会がめぐってきた。遺品のお焚き上げ《ヒーテーチキヤー》から戻ってきたところでウタとはちあわせた。大事な話があるといってもとりあおうとしないのでヤマコも言葉がきつくなり、ちょっとした小競りあい《ムンロー》になった。

「かしまさんど、ヤマコ先生はぁ！」

つかんだ手を振りほどいてウタは駆けていった。その日はヤマコも退かなかった。これまでにもあとを追ったことはあったけど、そこは神出鬼没の孤児だったウタのこと、路地裏に入られてしまえばすばしっこい背中をとらえるのは至難の業だった。だけどその日は、通りで待ち合わせた不良仲間の車に乗りこんだ。あわててヤマコもタクシーを拾って、あらかじめ数枚のドル紙幣を渡して、前の車を追ってほしいと頼みこんだ。

ウタを乗せた車は、コザも美里も通りすぎて、石川《いしかわ》の北の外れで停まった。ひとりで降りたウタは、そこからは歩いて海岸線を北上しはじめた。

もしかしてあの子、宜野座に行くんじゃない？

透きとおった海の青と自然の緑が共存していた。海面は日の光を乱反射させて、島の南部よりもまぶしい原初の輝きを放っている。ウタはうしろを振り返らず、米軍の演習場を金網にそって迂回して、森林のふところに入っていった。

道が悪くなるにつれて緑が濃くなり、鋭くとがった枝葉が顔や目を襲ってくる。ウタはひょいひょいと勝手を知った足取りで、濃やかな森の表情を味わうように獣道を進んでいく。こっちも負けてられんとヤマコは息巻いた。あの戦争になるまではよく野山で遊びまわった。島育ちの野生児《ヤマワラバー》としての年季はこっちが上だ、急な傾斜、でこぼこ道、虫刺され、罠《わな》のような下草のいがいが、どこからでもかかってらっしゃい！　森の奥まできて振り返ると、梢のあいだに弓なりのナイフのような青い海を見晴らすことができた。

うーん、だけど別の心配もふくらんでくる。こんな森の奥になにがあるわけ、出自にまつわる原風景にしては人里を離れすぎてやしないかね。

このあたりは〝山原《やんばる》〟地区に含まれる。島の中部から北部にかけての原生林で、天然記念物にも指定されるような鳥や虫の楽園であるいっぽうで、破門や追放の目にあったごろつき《アシバー》が雲隠れする治外法権の土地としても知られていた。

ほどなくして日差しも翳《かげ》りはじめて、あたりが暗くなってくる。日没後の山歩きは危険きわまりないのに、ウタの足取りはまるで帰路を念頭に置いていないかのようだった。このまま日が暮れても戻らないなら引きずってでも森を出ようか、とそんなことを考えていた矢先に、ヤマコの視界から急にウタが消えた。林床のくぼみにでも落ちた？　近寄ってみると下りの斜面があって、樹齢を重ねていそうな巨樹《ウフギー》の向こうに、洞穴が口を開いていた。

あそこはきらい、あそこにはおばけがいる——

キヨはそう書いていた。

ウタが足しげく訪れていたのは、洞窟《ガマ》？

この島の人間にとって因縁深いのは島南部の洞窟《ガマ》だけど、石灰質の洞穴はしばしば島中部や北部にも見られる。ヤマコの足もすくんでいた。洞窟《ガマ》の風景はそのまま戦争と結びついているので、それこそ魂の単位で忌避してしまう。戦後生まれのキヨですら無気味なものを感じていたようなのに、そんなところからウタは一時間が過ぎても出てこなかった。

こんなところでなにしてるのさ？　どうしても良くない想像をめぐらせてしまう。隠れているごろつき《アシバー》にとって、近寄るものがいないほど好都合だものね。抗争《ソーロー》ではたくさんの銃器類が押収されたとも聞いている。基地の横流し品がどこかにまとめて隠されているという噂もあった。まさかこの場所はごろつき《アシバー》の隠れ武器庫？

あひゃあ、そうかもしれない。どうしようどうしよう。

おばけ《マジムン》だけじゃない。ここにはウタをたぶらかす悪い大人《ヤナムン》もひそんでいるのかもしれない。

踏みこむべきか、どうしよう。たしかに洞窟《ガマ》にも腰が引けていたけど、ごろつき《アシバー》がたむろしているとしたらますますヤマコの手には負えない。無理やり押さえつけるような真似をしてもウタとの関係に修復困難な亀裂を入れかねない。行くか戻るか、葛藤していたところで遠方からささやき声が聞こえた。

だれか来る気配があった。ヤマコはとっさに巨樹《ウフギー》の根元に石を積んで、見つからないようにその場を離れた。山原にひそむごろつき《アシバー》か、木の陰から確認しようとしたけど、暗くなった森のなかで見当を失い、物音のした方角がわからなくなっていた。

いったん引き下がって、ウタのいないときにまた来てみようと思った。

ここにはグスクと来るべきだ、とも思った。

違法な行為がからんでいるかもしれない。正しく事実を見極めるにはグスクの目が必要になると思った。通いなれているウタが暗い道をたどれることを信じて一足先に地元に戻った。遅くなってから念のために電話をかけてみると、その日のうちにウタは施設に帰っていた。

数日と空けずに行きたかったけど、コザから引っ越したグスクの居場所がわからず、復帰協でもあらたな争議が持ち上がって、動くに動けなくなった。そのあいだも不安はくすぶりつづけた。森の洞窟《ガマ》にひそんだ〝おばけ〟は、ウタになにをささやいているのか――

すぐにまた行くから、キヨ、と祈らずにいられなかった。

どうかそれまで、ウタを導いてあげて。

そのころグスクは、たったひとりで座りこみのデモを敢行していた。

だれもかれもが怒っている。サチコも怒っている。

これが一月なのか、地球の裏側にいるような熱気が充満して、静電気ひとつで島全体が燃え上がりそうだった。〝核ぬき・本土なみ〟の願いが届かず、期待が大きかったぶん裏切られた落胆もただごとではなかった。共同声明があってすぐに、米民政府はドルの防衛政策にもとづいて軍雇用員を数千人単位で解雇すると発表した。アメリカにはもう島民を養う義理はないっていうのか、基地に依存せざるをえないものがどれだけいると思っているんだ。基地周辺のAサインの従業員、軍雇用員や出入り業者は、おれたちが干上がっちまう！　と声を荒らげて復帰協とのつばぜりあいも始めていた。かねてから不当解雇と闘ってきた〝全軍労〟は組合員二万人を超える最大の労働組合となって、基地の雇用員たちによる大規模なストライキの日程も探られていた。そこかしこで反米闘争や解雇撤回運動が起こって、島民と島民が争いあう分断の気運も深まっていた。だけどグスクの座りこみはそれらとは無縁の、まったくの私事だった。

那覇にある家庭裁判所の前の歩道に正座して、かたくなに建物に入らない。家裁の入口からはサチコがなじってくる。往生際が悪いよ！　と罵声を浴びせてくる。お義母《かあ》さんにリュウを預けられたのが救いだったとグスクは思った。あられもない父の醜態《シタラク》を見られずにすんだのは、ほんとうによかったことだなあ。

「おれは入らんぞ、俸給《ジン》が、俸給《ジン》がなにさ！」グスクは叫びかえした。「家族の愛《ジョーエー》があればなんだって乗り越えていけるさ」

「あたしは、俸給《ジン》のことなんて言っとらん」

「離婚はならん、リュウを片親にしたらならん」

「いまなら傷も浅い。もともとそんなに父親《スー》との思い出ないもの」

「があっ、そんなことあらん。とにかく離婚だけはならん」

「無職になってたのに、ずっとあたしを騙してえ。ちゃらんぽらん《テーゲー》なうえに嘘つき《ユクサー》なんて、そんな男とやっていかれるわけあらんがぁ！」

「おれは動かんぞ、おれは城《グスク》。城《グスク》はびくとも動かないもんさ」

「仕事もないくせになにが城《グスク》よ、半年もぐうたら《フユー》にすごしてえ！」

琉警をクビになっていたことが発覚して（婦警の元同僚から聞いたらしい）、サチコは離婚届を突きつけてきた。あの日のヤマコとのことも無関係じゃないかもしれない。よそに女でもおるんじゃない、と勘ぐられたこともあったから。そのすぐあとで離婚騒ぎになったのだから、因果関係がまるでないとは言いきれなかった。

家裁まではついてきたものの、土壇場になって反旗をひるがえした。島が本土に返還される前に戸籍を返還されたら笑い話にもならない！　グスクは妻の足にすがりつき、ばしばしと書類で頭を殴られ、正座のままで膝蹴りを食らって鼻血を吹いて、道ゆく人々の哀れみと嘲笑のまなざしを集めるはめになった。

家族が離れればなれになるのだけは阻止したかった。もう二度と嘘《ユクシ》はつかんから、すぐに仕事も探すから！　頭を地面にこすりつけて話しあいの余地が生まれるのを待った。五年目の夫婦の戦争《ミートゥンバーオーエー》はここが天下の分かれ目だった。

かろうじて離婚だけはまぬがれたけれど、サチコの怒りはくすぶりつづけ、グスクの尻についた火は消えなかった。とにかく俸給なしには敷居《しきい》もまたげないので、しばらくは日雇い仕事を転々としていたけど、ある日の現場で空きテナントの募集を見かけて、うむー、やっぱりこれまでの経験を活かさない手はないよねえと思いたった。さっそく金策に走り、ほうぼうに借金をして、コザの裏通りに私立探偵社の看板をかまえた。

あいつをよく、名探偵ヤマコ、なんてからかったもんだったね。

こっちは本物の探偵よ。猫《マヤー》捜しでも浮気《うわき》調査でも、迷宮入りの難事件でもなんでもご相談あれ。

私立探偵グスク、誕生やさ。

たしかに突然の起業ではあったけど、だけど聞いてくださいよ。リタイアした島の警官が看板を出した前例がいくつかあって、この島ではなにしろ離婚が多いので浮気調査や身上調査で探偵業は濡《ぬ》れ手で粟なのさ。そのうえ返還が決まって、軍雇用員の首切りや特飲街の干上がりで事件の数は増している。島民同士の喧嘩《オーエー》、暴行、傷害、デモ荒らし、琉警はまったく手が足りていないのが現状で、張りこみや調査の仕事を回してもらえる目算もあった。

　そこにもってきて、おれはグスク。故郷《シマ》の事件捜査にかけてはだれにもひけをとらない。裏の便利屋《チラターチャー》にすぎなかった辺士名よりもまっとうで有能な探偵としてやっていける自信があった。さぁはい、みんなお待たせ、半年ぶりにグスクが完全復活さぁね。コザの人たち、行列をつくっておれをがっぽり儲けさせてくれ！

「ろくすっぽビラも配っとらんのに、千客万来にはならんだろうに」

「おおっぴらに宣伝して、米民政府に嗅ぎつかれたら面倒だからさ」

「それにしても、暇そうだな」

「うぐぐ、浮気調査の一件も舞いこまん……」

　開業からしばらくは目も当てられなかった。陣中見舞いにやってきた徳尚さんの温情で、書類や名簿整理の仕事をもらったけれど、そんな雑務ばかりやらされていては琉警の下請けに左遷されたようでおもしろくもない。

「ぼうずもちい《ボージャー》さいんだから、しばらく地道に働くことやさ。調子に乗って厄介事に首を突っこまないで、浮気男《シカサー》やはぐれ猫《ヤーマリー》を追いかけとれ」

政府から圧力がかかったわけを、徳尚さんは詮索しなかった。もしかしたらグスクが刑事課の外でなにをしていたのかも察しているのかもしれない。地元の刑事としての矜持《きょうじ》が強いおやっさんのことだから、陰でアメリカの特命を受けていたと知ったら侮蔑や幻滅が勝ってしまう。だからこそなにも訊いてこないんだろうな。

徳尚さんの忠告を守りたくても、とにかく依頼人が訪ねてこない。素性や前歴を隠してまともに告知もしてないんだからしかたない。稼ぎがないので恩納の自宅にも帰りづらくて、事務所の硬い椅子で寝起きしながら、警察組織と個人の探偵社の大きなちがいは、自分が望んだ事件を追えるかどうかだよな、と思ったりもした。

だったらやっぱり、あれをやってみようかね？

グスクにとっても、島民にとっても、迷宮入りでかたづけられないあの事件。

あちこちに配られていた、差出人不明の〝戦果〟――

あれほどの物資をだれがどうやって配っていたのか、あの変事こそが、この数年間で起きた事件をひもとく端緒のような気がしてならなかった。最高の戦果アギヤーに倣《なら》うように物資を配っている人物がどこかにひそんでいて、そいつは手紙でグスクに存在をほのめかし、辺土名のような輩を焚《た》きつけて麻薬を流通させ、おそらく弾薬庫地区の〝犯罪〟にもからんでいる。それらから共通して感じられるものは？　この島をひっかきまわそうという煽動の意思。島全体がしたたかな生命力に満ちていた時代への回帰願望。そのさきに大きな成果をつかみとろうという貪欲な野心《ヒンジャー》だった。それだけの強烈な感情をまとめてひっさげて、雌伏や暗躍をためらわないならずものといったら——

思い当たるのは、ひとりしかいなかった。

こんなにも長いあいだなりをひそめているのが、そもそも無気味すぎるんだよな。組織立っているかもしれないが、そのなかにはかならず、あいつがいるはずだ。

「そろそろ出てきたらどうよ、レイ？」

おまえなんだろ、とグスクは独りごちた。おまえに無性に会いたくなっているのは、おれだけじゃないさ。

あるころ話題を集めた〝戦果〟の真相、毒ガスがらみの新事実が出てくれれば、島の新聞社が買ってくれる。稼ぎの目処《めど》をつけてグスクは動きだした。島で暗躍する一味が実在するとすれば、どこかにアジトがあるはずだった。

毒ガスの漏洩につながった〝犯罪〟、もしもそれが不法侵入と物資強奪だとするなら、最警戒地区を叩くことができるほどの武装集団とも考えられる。ほかにも銃器類を〝戦果〟としてためこんでいる可能性は高かった。それらの隠し場所も必要になるはずだ。

島内でごろつき《アシバー》が身をひそめるのは〝山原〟と相場が決まっている。だけどあそこはしらみつぶしに捜すには広すぎる。ここは決め打ちをして関係者を絞りこみ、張りこみと尾行をつづけて真相に近づくのがセオリーだった。あいつがからんでいるとすれば、張りつくべきはウタ、チバナ、又吉世喜、そのあたりだろうね。

チバナはこのところ特飲街の組合に入っているようで、全軍労のストライキに撤去要求を出すので忙しいようだった。ウタは？　キヨのことがあってからは感情の乱高下にさらされて、振り子のように〝躁《そう》〟と〝鬱《うつ》〟を往き来しているようで、このごろはふさぎこんで首里の施設からほとんど出ていないということだった。

又吉世喜はというと、敵対していた普天間派を解散に追いこんだものの、返還が決まったことであらたに進出してきた本土《ヤマトウ》の暴力団に領土を荒らされていて、コザ派との対立どころではなくなっているようだった。

島のごろつき《アシバー》とは毛並みの異なるヤクザたち。構成員の人数も一ケタちがっていて、いくつかの組織が入り乱れてコザや那覇に沖縄支部の看板を出している。沖縄《シマ》のパイに食いついてきた有象無象の本土《ヤマトウ》勢力、これを迎え撃つために又吉が音頭を取って、長年にわたる抗争《ソーロー》を水に流した連合組織の結成も見据えられていた。

「おれたちも正念場やさ。島の人間で争っていてはなにもかも本土《ヤマトウ》にかっさらわれる。ほんとうの敵が、島の外から上陸してきているのさ」

那覇の事務所で会った又吉は、偽りなく本音を話しているようだった。沖縄《ウチナー》ヤクザの大同団結が果たされれば、構成員千人を超える一大組織《ウフジネー》となる。琉警にとっては脅威となるが、離散や対立の連続でとめどなく島に騒乱をもたらした全面抗争《ウーソーロー》のはてにふたたび〝一度知り合ったら兄弟《イチャリバ・チョーデー》〟の旗をひるがえそうというのだからつくづくこの男、並の器量じゃない。

「ああ、ほんとうの敵なあ……」

グスクもその言葉には、思うところがあった。

たったいま追っている連中は、島民同士を争わせようとはしていない。

グスクが想像するに、たえまない煽動のさきに彼らが見据えているのは、島の団結だった。

だったら暗躍をしているのはなぜなのか。ほかの勢力や対立組織の目を欺くためなんじゃないか。陰にまぎれて動くのは監視の目をだしぬき、追跡をかわして〝力〟を蓄えるためなんじゃないか。ではその対立組織とはどこか？　琉球警察。憲兵隊。もしくはこの島の地下潮流でうごめくあの連中か——

おなじ月、島の全土にわたって最大規模のストライキの火蓋が切られた。アメリカの基地や施設で働いている島民が、全軍労の旗に集結していた。だれもが職務を放棄して、すべてのゲート、すべての施設や庁舎の前に陣取っていた。

これまで全軍労は〝反復帰〟の立場だったので、復帰協や教職員会とは相容《あいい》れなかった。だがここにきて返還が決まったことで反米・反ヤマトゥの気運が共有され、全軍労の訴えが労働条件の改善に絞られたのもあって、たがいに応援要員が往き来するようになっていた。

「あんただってデモは気に入ってたじゃない。アメリカーと闘いたいなら、こういうときにこそついてこなくちゃならん」

「おいら今日はちょっと、安息日だから……」

「これに付き合ったら、やかまし屋《ゴーグチャー》にはもうならんから」

危険なところに出入りさせるぐらいなら、目の届くところに置いておくほうがよかった。過去最大の民族闘争であり、階級闘争でもある市民運動を体験させることで、ウタに前向きな影響がもたらされることも期待した。ほかにも十代後半の施設の子たちを連れて、ヤマコはキャンプ・カデナの第二ゲート前へと足を運んだ。

こっちこっち、ヤマコちゃん、あんたが来てくれたら百人力さあ！　全軍労のコザ支部で知人と落ちあって、炊きだしの応援に加わった。数百人に達するストライキ要員のために砲弾なみの大きなおむすび《メーニジリー》を握って、中身汁《なかみじる》の鍋をかき混ぜ、魔法瓶に温かいお茶を注いでまわり、冷えこみそうな夜にそなえて焚き火の準備をしきった。そのへんを適当にぶらついていたウタも、シュプレヒコールのやまない現場の熱気にはあてられているようだった。

「ついておいで、ちょっとだけ前線を見物させてもらおう」

ウタたちにも安全帽をかぶらせて、ゲート前の群衆に分け入った。

ストライキには米軍も全面対決のかまえを見せていた。

頭上にはヘリが飛び、ゲート前に輪状《コイル》の鉄線が敷かれて、銃剣つきのM1ライフルをたずさえた米兵が隊列を組んでいる。抗議や野次をつらねながらピケ隊は、闘争よりも生活を選んで基地に入っていく〝スト破り〟がいないかを見張っていた。

さんざん奉仕させて、復帰が決まったらお払い箱かあ！

そうだ、そうだ、この首狩り族！

おれたちの仕事を返せ、横暴な人員整理は民主主義に反する！

すでに解雇されたもの、もうすぐ解雇されそうなものが声を上げている。たえまなくこだまする鯨波《シマ・ヌ・アビー》の声が、突風となり、地響きとなって基地になだれこむ（たしかにそれは驚嘆と賞讃をもって語られるべき沖縄《ウチナー》の荒々しさだ。語り部《ユンター》として太鼓判を押してもいい。島ぐるみで喚起されるデモの祝祭じみた高揚感、昇りつめるようなエネルギー、そのさなかで食べるおむすび《メーニジリー》や汁物の美味さには、あきさみよう！　と快哉《かいさい》を叫ばずにいられない）。

たっぴらかせ、アメリカー、たっぴらかせ！　だれかが拡声器でなじっている。ずっと島にいても土地の言葉を学ばない米兵に〝たっぴらかす〟の意味はわからない。だから挑発にもなっていないが、ウタの激情をあおる効果はあった。がるるっと歯をむいて、野良犬《ヤマイン》のように米兵をねめつける荒っぽさは、レイにもそっくりだった。

他方では、ストライキの反対派もつめかけていた。Aサインの女給や経営者、カフェーや土産物屋の従業員をごろつき《アシバー》がたばねている。米軍には〝外出禁止令《オフ・リミッツ》〟という奥の手があって、これによって大きな打撃を受けるのは彼らだから。反対派の男たちは横断幕を引き破り、車両や人の出入りを妨害して、全軍労との小競り《ムンロー》あいをくりかえしていた。

そこでふいにウタが、拾った石をふりかぶって、基地の前の隊列に投げつけた。地元のごろつき《アシバー》の姿を見て、血の気がたぎっちゃったのか。

投げた石は、ひとりの米兵のあごに命中していた。

「いえっほぉ！」

当たった、当たった、とウタが歓呼の声を上げる。

たちまち前線は騒然となった。米兵たちに銃剣を振りかざされ、逆上したピケ隊は怒号や罵声を上げながら、ごったがえす人波ごとゲートまで前進しようとする。ヤマコも押され、突き飛ばされ、まっすぐに立っているのも難しくなっていた。

アメリカーもいきりたっている。あごをいからせ、目を吊り上げ、四文字語《フォー・レター・ワード》を連呼しながら銃剣を突きだしてくる。このまま島民が鎮まらなければ、M1ライフルが火を噴きかねない。もしも死傷者が出ようものなら、血が流れないことが大前提のストライキが価値をなくしてしまう！　ヤマコは襟首をひっつかんでウタを最後尾まで引っぱってきて、

「いえっほぉってなによ、なんてことするのさ！」と大目玉を食らわせた。

「ちっちゃかったかな、石がちっちゃかったかな」ウタはまるで悪びれない。

「見てごらん、収拾がつかなくなった」

「だって、闘うためにここにおるんだろ」

「手を出さずに、向きあうのが闘争なのさ」

「そんなのつまらん、にらめっこ大会《ミークーメー》やあらんがぁ」

「だれか撃たれたりしたらどうなると思う？　みんなして歯止めをなくしてゲートになだれこむよ。そしたら米軍も排除する、本物の戦争になるやあらんね」

「だからよう、ここの人たちはみんな戦争したそうやさ」

「だれも撃たれたくなんてない。無駄に命《ヌチ》を投げださずに闘うのが大事なのさ」

そこまで言ってヤマコは、はあっ、と熱い呼気を吐きだした。この基地を走りぬけた戦果アギヤーたちを思い出して、眉間の奥が痛いほどに脈打った。

「あんたも知ってるさ、戦果アギヤー。すきっ腹でまともな家もなくて、それでも生きる糧をもぎとるためにこの基地にもしのびこんで、米兵に追っかけられても走って走って走りぬいた英雄がいたのさ。死んでもかまわんなんて言うのは男やあらん。陰で闘志を燃やしながら、生きる道を探すのが男さぁね」

高ぶっていたウタの表情に、かすかな戸惑いのような、不思議な翳りが生まれた。感じやすいその魂が、ヤマコの言葉でわなないていた。それはストライキの狂騒から隔てられた空間に、独りぼっちで孤絶しているような面差しだった。

「オンちゃんだろ」

ウタが口にした名前が、ヤマコの胸を痛切にうずかせた。

「ほらあ、やっぱりそうさ。ヤマコ先生だって忘れてないじゃない」

「やっさあ、その人はこんな馬鹿な騒ぎなんて起こさんよ」

「昔っからそうさ、おいらはよく知らんのに。グスクもレイもいざとなるとその人のことばっかり。先生だって、ほんとうは忘れられんくせに」

「その人がちゃー言いしてたのよ、〝逃げたやつはまた戦える〟って。とにかく無意味に暴れたらならん。そんなことさせるために連れてきたんじゃない」

「そんなにオンちゃんが恋しいなら、もっと三人で話したらいいのに。オンちゃんを偲ぶ会で隔月《チユチチグーシー》で集まったらいいのに」

「冗談《テーフワ》でまぜっかえして。そういうところはニイニイにそっくり！」

「だからよう、おいらは、あんたたちに育てられたんだから」

思いがけないウタの言葉が、ヤマコの胸を衝いていた。十七歳の体に正面からぶつかってこられたようで、とっさになにも言えなくなった。

「こういうときに熱くなるのだって、ヤマコ先生のせいさぁね」

「そんなふうに言ってくれるなら、ウタ、ちゃんと話してよ」

「話すって、いま話してるよ」

「あたしが、知らないことがあるでしょう」

ウタの眉尻が震えた。睫毛が震えた。顔をそらして奥歯を噛みしめる。

あの洞窟《ガマ》はなんなの？　あんたはだれとつるんで、なにをしているの？

訊きたいことはいくつもあったけど、ウタがみずから語りだすのを待った。その視線を真正面に戻して、胸に秘めた真意を明かしてくれるのを待った。

「三人においらは、先生とグスクが、レイが……」

「ウタ、あんたのことを話してよ」

「おいらは……」

路地裏で初めて見つけたはしばみ色の瞳が、ヤマコを食い入るように見返した。だけどそのまなざしほどには声音に張りがなかった。おずおずとウタがつづけた言葉は、その瞬間に吹きつけた横風のような喧騒にかき消された。

ゲートの前線から絶叫が上がっていた。島民たちが騒いでいる。勢いあまったピケ隊員がゲートの境界線を越えかけて、銃剣でしたたか切られたらしい。島民たちはわれを忘れている。まやかしの現実が引き裂かれて、後先を顧みずに米兵に食ってかかっていた。

ここにおったの、ヤマコちゃんお願い！　全軍労の職員に呼びたてられたヤマコは拡声器を押しつけられた。英語力を見こまれて、群衆の騒ぎにあおられるままに一線を越えかけている米兵をなだめてほしいと懇願された。

ただでさえ身長が高いので、演壇に立つとすごく迫力があると言われる。担ぎだされたヤマコは高いところから群衆を見下ろして、まずは英語で、それから島の言葉で語りかけた。最初に石を投げた人間にはこちらで罰を与えます。指定の距離までピケット線も後退させるので怒りを鎮めてください。石を投げた全員に謝罪させろ、と米兵たちが要求を返してきたので、あなたたちがその銃剣を棄ててくれるなら、とヤマコは答えた。

「人を殺す道具を持たない相手になら、いくらでも頭も下げます」

これには島民たちから拍手が起こった。このネエネエの言うとおりさ、あんたは島の良心やさあと喝采が上がった。どうにか双方をなだめすかして、演壇を下りてウタを捜していたところで、毛深い四十男がヤマコに声をかけてきた。

「感心したよ、あんた弁がたつねえ。さっき連れの子と話しとるのも聞こえちゃったんですけどね、あんたはもしかしたらこのキャンプを叩いた男たちを知っているのかね？　ぼくはここの売店《PX》で働いていたものですけどね」

「え、戦果アギヤーのことですか」

「あの連中は語り草やさ。ちょうどあれは、ぼくが基地で働きだしたころでね。あのころは雇用員のあいだでも彼らの話題で持ちきりだったのさ」

話しかけてきたのは、先月づけで解雇通告を受けた山郷《やまさと》という男だった。地元で語り継がれるキャンプ・カデナの強奪事件に、唯一無二の逸話を残した戦果アギヤーたちに、格別な思い入れがあるらしい。なんとなくヤマコも嬉しくなって、そのままそこで立ち話をした。あのとき自分も金網の外で待っていたのだと打ち明けると、山郷は顔を真っ赤にして、ひいきのロックバンドの一員に出逢えたかのように握手を求めてきた。

「だったらあんたも、基地のなかのウタキのことを聞いとらんかね。あの日の戦果アギヤーたちもそこに立ち寄ったらしいんだがね」

え、え？　驚きのあまりヤマコは固唾を呑んでいた。

寄ってきたウタが「……なんの話なあ？」と口を挟んでくる。

身震いをおぼえた。全身をめぐる血の温度が上がったような気がした。

「知ってます、それって紫《ゆかり》さんのウタキですよね」

「おおー、呼び名もごぞんじか」

「ねえ、なにがやあ」

この基地のなかに島の拝所《ウガンジュ》があったのさ、ウタにもかいつまんで教えた。全軍労のストライキでまさか、基地のなかのウタキについて語れる島民に会えるとは思いもしなかった。はからずもたぐり寄せた奇縁に鼓動の高鳴りが静まらなかった。山郷さんは声をひそめて、

「基地のなかに、そのウタキの管理にあたった人がいてねえ」

「ああ、ずいぶん前に他界されたって」

「ぼくたちはその人によくしてもらっていて、その人が亡くなってから数人で手分けして、軍にばれないように管理を引き継いでいたのさ」

「ほんとうですか、おじさんが跡を継いで？」

基地のウタキはひっそりと保持されていた。ところがそれも、関わっていた軍雇用員がそろって解雇されてしまったことで断絶しかけている。山郷さんたちはそこで〝紫さんのウタキ〟のことを世間に発表したいと考えていたが、先代の管理人ともっとも親しく、実質の後継者《アトウミ》といってもよいひとりの女性が強く拒んでいるという。ウタキは耳目を集めることなく、滅びるときはひっそりと滅んでいくべきだとその女性は言っているらしかった。

あんたは説得上手《ムヌイー・ジョージ》のようだから、あんたからもぜひ話してみてくれんかねと頼まれた。島袋《しまぶくろ》さんというその女性はコザの外れで農家を営んでいて、手伝っていただけの自分よりも〝紫ウタキ〟に通じているはずだと山郷さんは言った。近いうちに訪ねてみますと約束して、ともあれウタの頭を冷やすために第二ゲートの前を離れた。

前線はウタには刺激が強すぎるみたい。全軍労のコザの事務所でも手伝える炊事や雑用はあるはずだ。そっちに回ってさっきの話のつづきをしようと決めて、ストライキ要員を運んでいるトラックに乗せてもらおうとしたところで、

「移動するなら、送っていきましょう」

路肩に停まった黄ナンバーの車から呼びかけられた。車窓から顔を出したのはグスクと仕事をしていた日本人《ヤマトンチュ》。ウタとも親交があるという、小松という男だった。

後部座席の奥には、短く金髪を刈りこんだハンサムな白人も乗っていた。軍服を着

ていない背広組《ジンブナー》、どうやら軍司令部の職員らしい。この男がどういうつもりか、ヤマコたちを黄ナンバーの公用車《ライカム》に乗せてくれるって言うのさ。

「あなたと折り入って話したいことがあります」

穏やかな笑顔で、アメリカ人は語りかけてきた。

ストライキに参加する立場で、アメリカの車に乗せてもらうわけにいきません。固辞したけれどどうしてもと言うので、コザの事務所まで並んで歩くことにした。数メートル後方をぶつぶつと独りごちながらウタがついてきた。アメリカー嫌いをこじらせているウタは、ヤマコが英語で話しているのがおもしろくないようだった。

「彼ともよくこうして、路上を歩きながら話したものです」

アーヴィン・マーシャルは米民政府でも高位の官僚らしかった。コザの刑事がどうして政府の職員とのつながりを持っているわけ？

「あなたの英語はとてもきれいですね、どこで勉強を？」

「ありがとう、Ａサインで働いていたので」

「ほとんど独学で習得なさったそうですよ」同行する小松が言い添えた。

「あなたはグスクとは特に親しいそうで」アーヴィンはグスクの話をしたがった。

「そうですね、子どものころから一緒だから」

「同居する話もあったと聞きました。ぶしつけですが、関係は解消されたのかな。彼がいまどこにいるかご存じありませんか」

親しみやすい笑顔を浮かべているけど、語りかけてくる言葉には尋問の鋭さもあった。もしかしたらグスクはこうして政府の使者が来ることも見越して居場所を教えなかったのかもしれない。逃げるような転居《ヤーウーチー》にも政府がからんでいるのかね？

「わたしと彼とは、合同捜査をしていたんです。ところが行きちがいがあって、重要な情報を握ったグスクと連絡が取れなくなってしまった」

アーヴィン・マーシャルが言うには、グスクは沖縄《シマ》をおびやかす犯罪グループの秘密をつかんでいるのだという。グスクにはそのグループに与していないことを立証する義務があるし、知りえた情報は政府機関に上げなくてはならない。それらを果たせなければ重罪に問われるので、訴追の動きが出るまえに早急に話しあいたいとのことだった。

「わたしはこう考えています。彼はかつて戦果アギヤーだった」

アーヴィン・マーシャルは島特有の呼称を、発音しづらそうに口頭に乗せた。

「そのころの仲間に、レイ、という男がいますね。あるいはその兄でもいい」

「はぁーや、なんでもよくご存じなんですね」

「グスクがそのグループとの関わりを持ったのは、戦果アギヤーだったころの盟友の存在があってこそでしょう。雲隠れしたのもその人物をかばうためです。わが道を行くようで友人のために身を捧げるところのある男です。われわれとの関係よりも、琉警の刑事職よりも、友との絆を選んだというところではないかな」

「あのニイニイが、そんな大それたことに巻きこまれるとは思えんけど」

「些細《ささい》なことでもかまわない、あなたが知っていることは？」

「いまは音沙汰もないので」

「連絡を寄越すように、あなたから伝えることはできませんか。地元の絆を大事にするのはわかるが、われわれはもっと高い視点からものを見なくてはならない。話しあいの余地は残っていると伝えてほしい。わたしはどうも信頼されていないようで、わたしと彼の親交だって、昨日や今日に始まったものじゃないんだが」

彼にはこう言ってやりたい、とアーヴィン・マーシャルは語気を強めた。

「わたしたちだって〝友人〟だったろう、とね」

アーヴィン・マーシャルの本音がうかがえたような気がした。官僚らしく理性を重んじた語りくちに、感情のほつれのようなものが見え隠れしていた。国境を越えて築いた交友関係に背を向けられて、後悔や追慕のこじれを追跡の執念《オブセッション》に変えている。アメリカーらしい執着の裏には一抹のさみしさも感じとることができた。

「あなたはニイニイが……グスクが好きだったんですか」

感じたままをヤマコが口にすると、好き嫌いの次元で考えたことはないな、とアーヴィン・マーシャルは面映ゆそうに空を見上げて、

「……そうですね、わたしは彼が好きだった」

眉をひそめて答えた。正直者《マクトウ》やさ、とヤマコは思った。

ただし、とアーヴィン・マーシャルは付け加える。危険分子と通じているのならたとえ友人でも検挙するかまえは変わらないと、毅然《きぜん》とした面持ちでうそぶいた。

「だいたいお話はわかりました」ヤマコもうなずいた。「あたしも捜してみます、もしも連絡がついたら、あなたと話しあうように伝えておきます」

「ありがとう、そうしてもらえると助かる」

「あたしもニイニイには捕まってほしくないですから」

「さきほどのゲート前の演説はすばらしかった。ストライキの健闘を祈ってます」

「どうした、ウタ?」

そこで小松が声を上げた。振り返ってみてヤマコも面食らった。

いつのまにか、すぐ後ろで聞き耳を立てていたウタが、鞘から抜いたばかりの刃物のような鋭利なまなざしでアーヴィン・マーシャルをねめつけていた。

あんた英語はわからないいじゃない、教えようとしても面倒臭がってきたから。だけどグスクとレイの名前が出たことでただならない気配を嗅ぎとったのか。アメリカの

官僚の前で敵意をむきだしにして、跳び上がって喉首に咬みつきそうな形相を浮かべていた。

「このボーイには、嫌われてしまったようだな」アーヴィン・マーシャルも身がまえるほどだった。失礼やさ！　とたしなめながらヤマコは思った。もしかしたらウタは、たったいま話題に上がったグループのことを、レイのことをなにか知っているんじゃないか。あの洞窟《ガマ》のこともある。アーヴィン・マーシャルが追っ手だと本能で嗅ぎつけたからこそ、庭先の猛犬《ウカーサン・ナー・ヌ・イン》のように牙をむいているのかも――

あんたなんて顔をするのさ、ヤマコの焦慮はふくらむばかりだった。

あまりにもその目つきが、荒々しかったから。

あまりにもその面差しが、苦しそうだったから。

もてあました憎しみを、離別の哀しみを、ふつふつと込みあげる復讐《ふくしゅう》の願望を、アーヴィン・マーシャルを通じてすべてのアメリカーに突きつけるようなウタがそこにいた。

十六　真実をささやく梢、夜の来訪者《ストレンジャー》、そして英雄がよみがえる

熱波のくすぶるコザの路上に、米兵はいない。

ひとりもいない。

ゲート通りにもセンター通りにも、美里にも八重島にもいない。

酒と女と麻薬をあさらずにいられない米兵が、コザの特飲街にひとりもいない。Aサインの灯だけが暗い路面を照らしている。オフ・リミッツ。軍司令部《ライカム》の発令した外出禁止令が解かれるまでは、この無人状態《ウーガーガー》がつづくのさ。

静まりかえった路地の陰から、見捨てられたものたちが湧いてくる。

基地の束縛から抜けだせないものたちが、地廻り《アシバー》のごろつきの呼びかけによって、木材や金づちやウィスキーの角瓶を握りしめて、集いはじめる。

第一波、第二波とつづいたストライキが地元にもたらした遺恨だった。寒風や冷雨をついた徹底抗戦のはてに、全軍労は米軍とのあいだに平和協定を結んだけれど、軍

雇用員たちの解雇が撤回されることはなく、そこにきて米軍がふるったオフ・リミッツの制裁は、特飲街の人たちをかつてないほどに締めつけた。

おまえらは自分が食うために、他人の食いぶちを奪っても平気なのか！　殴りこみをかけられた全軍労から漏れてくる声を、ゲート通りの組合員の叫びを、つめかけた野次馬《アシバー》たちもひとり残らず耳にしていた。事務所の前では全軍労の若い男たちが、特飲街のごろつきや給仕と殴りあっている。割れた硝子の破片が降ってくる。組合長が叫んでいる。その日の糧にあぶれるものも出ている、このままじゃ家族で首を吊らなきゃならん。あんたらは無謀なストライキが、傍若無人《ジャーフエーティーフエー》なふるまいが土地にもたらす痛手を顧みないのか！

三月、四月とすぎても、琉警では厳戒態勢が解かれない。
砂ぼこりが舞っている。島のあちこちで激しい衝突や騒動が相次いでいる。

五月には毒ガス撤去要求のデモが立ち上げられ、復帰協の主催する総決起大会が一万人を集めたけれど、アメリカは法律を改めてまで化学兵器を本国に持ちこめないようにしてしまい、〝毒ガスどうする？〟の議論は紛糾するばかりだった。

かたや日本《ヤマトウ》はというと、屋良主席がアメリカに要求した撤去費用をすぐさま肩がわりすると発表したあたりは慰謝料のそろばんを弾いたようなもの。こうなると事前に知っていたのは疑いようもなかった。もううんざり、ほんとうにうんざりだ。アメリカーも日本《ヤマトウ》もどちらもどちらだ。おためごかしと保身と嘘八百《ウフユクシ》とそろばんずくの事後処理に、おれたちはいつまで翻弄されるのか、どれだけの混迷を強いられるのか。沖縄人《ウチナンチュ》たちは怒りを渦巻かせながらも、疲れはて、打ちひしがれ、嘆きやあきらめに胸を焼いていた。だれにも納得できない返還政策は止めることができず、労働者たちは首切りされて路頭に迷っている。このまま故郷《シマ》の悲願だったその日を迎えても、あらたな横暴や裏切りが待っているだけじゃないのか。

わかりきっていたことだった。施政権が返還されたところで、基地は残る。核も残る。毒ガスも残る。ならずもの《ナムジャー》と嘘つき《ユクサー》はのさばりつづける。この島にはまた、災禍《ワジヤウエー》の種がばらまかれる。

そんなときに、ウタがいない。

施設を訪ねても、コザや那覇でも、会うことができない。

よりにもよって、こんなときにいない。

全軍労のストライキが明けたころ、施設をふらりと飛びだしてそれっきりだった。

「あの子が家出までしたのは初めてやさあ、捜さなくちゃ……」

心当たりはすべてあたった。警察にも捜索願を出して、復帰協の仕事をそっちのけで捜した。

宜野座にも出かけてみた。悪い大人《ヤナムン》の隠れ処《が》に転がりこんだのかもしれなかった。だけど、なんてタイミングが悪いのか。宜野座の森林部でちょうど大規模な軍事演習がおこなわれていて、周辺はどこも封鎖され、あの洞窟《ガマ》どころか森のとりつきにも近寄れなくなっていた。勝手に封鎖なんてしたらならん！　勢いまかせに突破したヤマコは、すぐに演習中の米兵に見つかって捕虜のように両腕を抱えられ、憲兵本部から琉警の取調室とたらいまわしにされて、そのどこでもこてんぱんに絞られた。

釈放されたその足で、すぐにまた森に入って、すぐにまた捕まった。洞窟《ガマ》に近づけなくてもじっとしていられず、演習が終わるのを待ちながら街の不良《アシバー》やごろつきのもとに足を運んで、親しくなったばかりの島袋さんにもウタのことを相談した。

「……そうなの、それは心配だねえ」

グスクのことも、レイのことも話した。島袋さんはどことなく影のある人で、この島のおばちゃん《バーチー》にしては人見知り《ヤマカーガー》で、細い指先をふわふわと手旗信号のように振りながら小声でしゃべる人だった。年老いた夫とのふたり暮らしで、貧しい耕作地では暮らしを立てられず、ずっとキャンプ・カデナに職を求めてきたという。しばらく通っているうちにヤマコとも打ち解けて、齢の離れた茶飲み友達の訪れを喜んでくれるようになっていた。

「照喜名さんみたいに占い《ハンジ》ができたら、その子のことも捜してあげられるんだけど」

肺炎をこじらせて他界した照喜名のおばあの命日も、ヤマコは島袋さんと過ごした。島袋さんは街のユタともすくなからず親交があったという。霊能力なんてそなわっていなくても長い歳月をかけて聖なるウタキに接していれば、拝所《ウガンジュ》にひざまずく神職者のようなうやうやしさや奥深さがそなわるものなのかもしれない。

基地のなかのウタキのことを知っているのは、島袋さんや山郷さんを含めたわずかな雇用員、それから一部のユタだけだった。米兵はもとより島民にもおいそれと話してはならない暗黙の了解《イイーフージ》があって、秘密を知るもの同士の目くばせが交わされてきたという。

「あそこは昔から、そういうところだったのよ」

だれかは知っているが、おおっぴらに語りあわれることのない場所。

ひとしれず管理されて、沈黙のなかで守られていく場所。

ウタキというのは、そもそもそういうところなのかもしれない。

島袋さんがぽつぽつと〝紫ウタキ〟のことを話してくれるようになったころから、この人はその本質をつかんでいる人だと感じていた。ユタやノロ、軍雇用員、島の女たちがひそやかに枝を接ぎ、葉をひろげてきた系統樹のようなもの——歳月をまたいでヤマコはようやく、真実をささやく梢にたどりつけたような気がしていた。

「島の人がみんな、これまでにない異様な状態にあるような気がして。怒っているような、あきらめているような、どっちつかずで足元がふらふらして、故郷のなかで迷子になっているような……それはあの子もおなじなんです」

「そうねえ、この島はどうなるのかね」

「返還されたところで、なにかが良くなるとは思えないし」

「どうかね、もしも照喜名さんならなんて言うかね」

「演習中の宜野座もそうだけど、あたしは、紫さんのウタキも訪ねてみたくて」

「あら、だって基地のなかにあるのよ」

「なんとなく呼ばれているような気がして、こんな時勢だからなおさら行ってみたくて」

「難しいでしょうね、いまとなっては。基地がまた従業員を雇い入れることもなさそうだし」

「あの子とも齢が変わらないころ、嘉手納アギヤーの事件のときにも、あたしは基地の外で待たされて。金網のなかに入っていけなくて。何年かしてウタキの話を聞いて以来、ずっとそこを訪ねるのが大事なことのように思えてきたんです」

「わかったよ、ヤマコちゃん」島袋さんがそっとつぶやいた。「あたしにもやっとわかった。あなたはあそこのことを知るべき女《ひと》なのかもしれんね」

出逢ってから数ヵ月が経っていた。島袋さんはその日、ヤマコの瞳を見返しながら、〝紫ウタキ〟の知るかぎりすべてを明かした。時間をかけてヤマコを理解して、めぐってきた自分の役割を果たそうとするように、知られざる故郷《シマ》の秘密をひもといていった。

「あの条約の年だから、もう十八年も前になるのねえ」

古酒《クース》の入った甕《かめ》の底をのぞきこむような心地で、ヤマコはその言葉に耳を傾けた。

「基地があって、女がいたのよ」

あなたとこうして話していると、別のある女とも話している心持ちになるのさと島袋さんは言った。

「傷つけられて、消息不明《ムヌマイー》になったのもひとりやふたりやあらん。あたしらは基地に寄りかかることでしか食いぶちを得られなかったから」

深い泉の底から湧きあがってくるもの。あつかいを誤れば、命取りにもなる真実――その断片がくみあげられる。井戸水に淆《ま》ざった滋養の結晶をすくいあげるように。そのとき、聞くものたちの〝容れ物〟の質や容量も試されている。

遠い過去から吹きつける風が、狂騒のちまたで泣いている。

島の女たちの、慟哭《カジチリアビー》が響いている。

九月には、島のひとりの主婦がこの世を去った。

グスクの耳にも報せは飛びこんできた。轢殺《れきさつ》事件は糸満で起こった。

酒と大麻に酔ったアメリカーの車が、無謀運転で島民を轢《ひ》き殺すのは初めてじゃなかった。

あいつら、またやらかした！　現場にはすぐに憲兵《MP》が駆けつけたので、加害米兵の身柄は土地の警察には引き渡されなかった。

おまえらにとって島の人間は、犬猫《インマヤー》とおなじか！　現場に集まった地元民は、琉警になりかわって断固抗議した。憲兵《MP》たちに連れていかせたら、アメリカだけで裁判をして軽い罰を与えておしまいだ。現場にはブレーキ痕もない。速度超過の車にはねられた主婦はその原形をとどめていない。うやむやにさせてたまるものかと島民たちはレッカー車を包囲して、事故のその日から一週間にわたって証拠の車を持っていかせまいと頑張った。

復帰協も各労組もこぞってアメリカに抗議声明を出して、軍司令官の謝罪・軍裁判の公開・遺族への完全賠償の三点セットが要求された。だけどアメリカーは謝らない。裁判の経過も明かさない。数週間がすぎて賠償だけは認めたが、キャンプ瑞慶覧の法廷はこともあろうに証拠不十分として、加害米兵に無罪判決をくだしていた。

「あがあ、タイヤ痕は、押収した車は？　無罪放免なんてそんな馬鹿な判決があってたまるかよ」

　ずっと注目してきた事件の顚末《てんまつ》に、グスクは新聞から顔を上げて寝癖をかきむしった。施政権を手放すことになってからというもの、アメリカーは上っ面の配慮すらもかなぐり捨てて、驕慢《きようまん》な本性を隠さなくなっていた。

　おれたちはどうなるのか、こんな無法の島で生きていけるのか、あちこちで憤懣《ふんまん》の声が上がっている。返還が決まってからむしろ盛大に吹き荒れている嵐《ウーカジ》の木っ端《こぱ》は、たしかにグスクの庭先にも飛んでくるようになった。

　騒ぎがやまなくなったことで探偵社にも依頼が舞いこんでいたけど、サチコにも顔向けできそうな焼け太りを素直に喜べなかった。徳尚さんとちょくちょく喫茶店で待ちあわせて、そのときどきで起きている事件を概観した。島民同士のいざこざ《オーエー》、労組同士のすったもんだ《ウームサゲーイ》、殴りこみ、デモ荒らし、器物損壊、窃盗、集団暴行、特飲街での自殺未遂、歯止めをなくしたようなさまざまな事件が返還の合意前よりも頻発しているのはあきらかだった。

「あれはごぶさただね、例の〝戦果〟はしばらくどこにも届いとらんみたいやさ。配ってた連中はなりをひそめて、なにをしてるのかね」

　依然としてだれに頼まれたわけでもない調査には取り組んでいた。島じゅうを奔走してめぼしい情報を集めてまわり、きな臭い事件があればその背景を嗅ぎまわったけど、追っている相手は尻尾をつかませなかった。むきだしの導火線があたかも蜘蛛《くも》の巣《す》状に張りめぐらされた島の現状のなかで、探しものが見つからないのはもどかしくてたまらない。このままでは時間だけが過ぎていく。グスクとしても一計を案じないわけにいかなかった。


「おやっさんを見込んで、ちょっと頼みがあるんだけどさ」

「おまえ、変な虫を騒がせてるな」

「面倒はかけん、試してみたいことがあるのさ」

追っている相手が、暗がりに身をひそめたままなら——

こっちから、餌をまかなきゃならない。


コザの外れの路地で、パン、と乾いた音が聞こえた。

軍司令部《ライカム》の窓硝子には石が投げこまれる。オフ・リミッツの解除がこれでまた延期になる。

土地と基地との、いたちごっこ《カチミンソーリー》がやまない。

那覇でも発砲騒ぎがあった。ごろつきの抗争《アシバー・ヌ・ソーロー》は終わったはずなのに。

軍港の職を奪われたお父さんが、全軍労の職員にいきなり引き金を引いていた。

善良な島民がどこからそんなものを――

輪転機が回っていた。翌朝の新聞の見出しが刷られている。グスクはその報道を、用事があって訪ねた新聞社で知った。

「運ぶのか、毒ガスを？」

軍司令部《ライカム》ではなく本国の国防総省からの発表だった。移送計画はレッドハット作戦と名づけられ、弾薬庫地区から東岸の天願桟橋までのべ千三百台のトレーラーで運ばれる。数千の島民が暮らす街中を、それだけの車でないと運べない量の化学兵器が通過する。船に載せられてからはハワイの西方千四百キロの米国領ジョンストン島に運びこむらしかった。

アメリカここに極まれり、という報道だった。どこまでも大味で、どこまでも無配慮。トレーラー千三百台ぶんの化学兵器を無断で持ちこみ、撤去にあたっては移送経路に暮らす島民を危険にさらす。しかも本国から遠く離れた孤島に運ぶって、自分たちの国には置いておけない代物だと認めたようなものじゃないか！

これでまた、デモに抗議、決起集会がくりかえされるのは確実だった。

だれもががっくり来るだろう。怒るし、嘆くし、よるべを失うだろう。制御しきれない島の感情がどくどくと脈打ちながら足元に滞留している。これは間に合わないかもなとグスクは思った。なにに？　それはわからないがなにかに間に合いそうにない。グスクが事実を突き止めるまえに、島そのものが転覆するかもしれない。

雲のかたちが崩れて、流れだしたとたんに大粒の雨が降ってくる。天の底をひっくり返したような雨の弾幕《カタブイ》も、島民たちの火照《ほて》った頭を冷まさない。これまでであれば憤りや落胆も、時の経過とともに揮発してきたのに。夏が終わって、秋が暮れても異常な熱が去らない。だれもが打ちひしがれ、理性の営みを失っていた。

朝からその日は、海鳴りの響きが強かった。恩納の浜では海鳥がちぎれた魂の残片のように潮風に漂っている。釣り人もいない波打ち際で、朽ちたボートが海藻にまみれている。二十世紀のただなかからまばたきひとつで百年も二百年もさかのぼり、海とさとうきび畑《ウージ》しかない時代に戻ったような静かな時間が流れていた。夜の月はあざやかで、砂浜をあたかも幽霊の肌のような青白さに染めていた。

寝室で休んでいたグスクは、ぱちっ、と目を見開いた。

微睡みのなかで物音が聞こえた。

門垣《ヒンプン》のまわりの砂利を、踏みつける音がした。

夜の十一時を回っている。こんな時間に人が訪ねてくる予定はない。

グスクは息を凝らして、静寂の向こうの物音に耳を澄ませた。夜の来客は、玄関の戸に錠前が下りていないことを確認すると、体が通るぶんだけ開けて、裸電球の消えた屋内に上がりこんだ。廊下や土間、台所、居間にだれもいないことを確かめながら、一歩一歩をしのばせてすこしずつ寝室に近づいてくる。

大胆なやつめ、寝首をかくつもりか。

グスクは破れ目だらけのブリーフパンツ一丁で寝床を這いだした。

物音を立てないように、窓から裏庭に出て、貫木屋《ヌチジャー》の壁にそって玄関に回った。門垣《ヒンプン》の石のひとつをボコッと外して、隠しておいた包丁の柄を握りしめた。

侵入者の背後を奪うかたちで、玄関をのぞきこむ。

黒っぽい衣服をまとった侵入者が、廊下の奥を横切った。

ひとりか？　屋内にも屋外にもほかのだれかの気配はなかった。

冴え冴《ささ》えとした夜気を肺にためこんで、足音を殺して玄関に上がりこんだ。

気取られるな、裏をかいてだしぬけ、餌をまいたのはこっちなんだから。

抜き足さし足で、侵入者の背後まで近づいて、
ハイサイ。あいさつは刃物にさせた。

真後ろから喉に刃先を添わせ、侵入者の耳に吐息を吹きかけた。

「あんたが来るなんてなあ」

裏をかかれた侵入者がひゅっと喉を鳴らす。

餌に食いついたのは、予想外の人物だった。

「こんばんは、グスク。おれは迎えにきたんですよ」

「へえ、呼び鈴も鳴らさずに、土足で踏みこんで？」

「おれはいつも、君をこうして出迎えてたじゃないですか」

「今夜は枕元にまで？　あんたはつくづく親切な日本人《ヤマトンチュ》やさ」

強盗まがいの不法侵入をやらかすのだから、よっぽど切羽つまっているんだろう。ばらまいた餌に食いつくのは幼なじみの一味か、島の秘密警察と踏んでいた。

あちこちで流言飛語《アンジャランクトウ》が飛びかった。まことしやかな風説が語られた。警官たちや新聞記者たちに吹聴してもらったグスクの噂は、口から口へと伝わって、噂のなかで自己増殖して、基地の島でうごめく諜報員の網にもかかっていた。

グスクに気をつけろ、あいつは危険思想にかぶれている。

グスクに気をつけろ、あいつは英雄の真似《グワーシー》ごとをしている。

恩納にひそんで、コザの裏通りにもアジトがあって。島じゅうの危険分子を集結させて、本土返還にさきがけた島の転覆を狙っている。

隠れ家と事務所のどちらも明かすのは危険な賭《ウカーサン・カーキー》けだったけど、どちらかには来ると踏んだ。返還が決まってからこの島は混乱《ヤマチリグトウ》に落ちている。だれもが思考回路に異常な熱を来たしている。陰でうごめくものもかならず巣穴から這いだしてくる。そういう連中はひっぱりだせるときにひっぱりださなくちゃならない、さもなくば真実を知る機会は永遠に失われてしまうのだ（つまり切羽つまっていたのは、グスクもおなじだったのさ）。

「あんたらは、おれが危険分子と関わってると思ってるんだろ、ごろつき《アシバー》とつるんだり毒ガスのことを嗅ぎまわったり、基地のなかに情報提供者を持ったり、米民政府の気に入らんことばっかりやってきたから。そうやさ、小松さん」

「アーヴィンはなにも知らない。おれは独断でここにいます」

「どうかね、あんたは生粋のアメリカーの従者やさ」

「ほんとうですよ、この状況で嘘はつかない」

現われたのが小松でも、たまげるほどではなかった。

だってあんたが、通訳の皮をかぶった諜報員なのは見え見えだったよ。

特命捜査の日々のほぼすべてをグスクと共有し、グスクの思惑を知り、つねに一手も二手も先回りをしてきたのが小松だった。

「実際のところ、どこまで知っているんです」

「毒ガス事件には裏がある。弾薬庫に賊が入ったんだろ」

「そこまでは、諜報員ならだれでも見当がつくでしょうね」

「レッドハット作戦の発表が大きかった、そうやさ」

「もちろん、それはあります」

「あれが発表されたことで、正体をつかめずにいる陰の組織の検挙が、至上命令として課せられた。だからあんたはやってきた」

確信とはったりのチャンプルーでかまをかけた。ずっと噂になっていた化学兵器があの弾薬庫地区に貯蔵されていると見越して、強奪を謀《はか》った連中がいた。命知らずの計画は決行に移されて、そのときの騒動がガス漏れを誘発した。撃ちあいになって容器に穴が開いたか、うっかり落下させたか、ともかくそれでウサギは赤い眼の瞳孔を開いて、衛兵たちは病院送りになった。強奪そのものは阻止したが、米民政府はいまだにこのグループを拿捕《だほ》できておらず、目下最大の脅威として執念の追跡をつづけている、そんなところじゃないか？

「こちらからも話せることはあります。刃物《これ》を下ろしてください」

「聞けんなあ、あんたは油断ならん」

「喉首にそんなもの、おっかなくてうまくしゃべれませんよ」

「無害な通訳のふりして、ライカムの機密文書の件も真っ赤な嘘《ウフユクシ》だったんだろ。ハーバービュークラブの拷問部屋におれを放りこんだのもあんたやさ」

「グスク、いろいろと誤解がある」

「親しくするふりして、おれからいろいろ聞きだそうとして」

「話しあいの余地はあります、おれを信じてください」

「やることがこすからい。どこをどう信じろっていうのさ」

「手間を省くために、やむなくこういう手段を選んだんです。君はおれと話すほうがいい、おれにゆだねてくれれば家族も安泰です」

「……家族？」

ちょうどそこで、屋外に車が停まる音がした。

夜の潮騒にまぎれて、軋《きし》るようなブレーキの音が聞こえた。

グスクの背骨を這い上がってきたのは、悪寒だった。

胸騒ぎが止まらなくなった。ああ、勘弁してくれ。小松を急きたてて屋外に飛びだした。

黄ナンバーの高級車が停まっていた。乗っているのはアメリカーじゃなかった。サチコが乗っている。ああ、勘弁してくれ、勘弁してくれ。布切れをかまされ、手首を縛られている。膝の上にはリュウを乗せている。いやだ、勘弁してくれ、勘弁してくれ！　わざわざ後部座席の扉を開けて、寝た子を起こさないようにサチコに降車をうながしたのは、煙草の煙を夜気に溶かす男だった。

「あんたは、肺がんにでもなってくれてりゃよかったのに」

「静かに。さっきまで大泣《キ》き《ブ》し《サ》て《ー》いて、やっと寝入ったところなんだ」

あいかわらずの煙たい男だった。

ダニー岸との、想像できるかぎり最悪の再会だった。

頭髪に白いものがまぶされて、頬やあごの線も細くなっているけど、炯々《けいけい》とした眼光は変わらない。

唇や鼻孔から漏れだす煙が、寝息を立てるリュウの肺にとりこまれ、グスクの鼻先にも漂ってくる。一家にとってその副流煙は毒ガスに等しかった。

だしぬかれたのか、日本人《ヤマトゥ》にまた先回りされたのか？　諜報の世界に生きるものをグスクは見くびりすぎていたらしい。おびき寄せを決行するにあたって、妻と子と姑は国頭《くにがみ》の親戚のもとに避難させていた。ダニー岸はどうやって突き止めたのか、トリイ・ステーションの電波網を使えるこの男はグスクのみならずサチコの元同僚や親類縁者にまで盗聴の網を投げて、象の檻にも等しい拘束力でその居場所を割りだしたのかもしれない。

煙草の火をサチコやリュウに押しつける暴挙には、まだおよんでいない。だけどこの男はたがの外れた嗜虐紳士《サディスト》、他人の悲鳴を栄養にする狂人《フリムン》だ。脈絡もなく人質の目玉をえぐりかねない男には、たとえ一分一秒だって妻子を近づけておきたくなかった。

「半裸で表に出るのが好きだね、君は」ダニー岸が嗤《わら》った。「これでも君のことは高等弁務官の暗殺を阻んだときから評価していたんだが、再会がこんなかたちになってしまって残念だ。さあ、物騒なものは下ろしてくれ」

「あんたら、やっぱりグルかよ」

グスクは包丁を投げた。小松はなにも言わなかった。サチコは見せたことのない形相を見せていた。恐怖で小刻みに震え、責めるようにグスクを凝視していた。

「次に電話をかけて、君がつるんでいた全員を呼び出してくれ」

「あの噂は、隠れている連中が食いついてくるのを狙って、おれがでまかせをふれまわったのさ」

「毒ガス漏洩を知っていた経緯もある。君はキャラウェイの暗殺阻止ですすいだ汚名を、あの一件でみずからまた被《かぶ》ったんだよ。君はあの兄弟とつながっている。暗殺未遂のあとも水面下にもぐって勢力をつけてきた〝社会の脅威《パブリック・エネミー》〟とね」

返還やガス移送も近いのでねと煙男《キブサー》は言った。われわれはあらゆる危険分子を駆除しなければならない。その煙のような声。特高警察の残党。思想狩りの第一人者。陰の力でこの島を縛ることに腐心してきたアメリカーの狂信者――

「どうしてあんたらは、そこまで島の英雄にこだわるのさ」

涙で曇った妻の目を見返しながら、グスクは震える唇を噛んだ。

「ほかのやつらとあんたがちがうのは、この手の疑惑のときにかならずおれの親友を、槍玉に上げるところさ」

「やれやれ、また押し問答がしたいのか」

「おれだってあんたのことは、ずっと考えてきた」

「やめないか？　われわれも急いでいるんだ」

「あんたがこの島で活動を始めたのは、あの条約の年なんだってな。こっちの日本人《ヤマトンチュ》が教えてくれたよ。おれたちがカデナを叩いた年さぁね」

「かわいい奥さんも、退屈しているよ」

「あんたにとっては星条旗に忠誠を誓ったそのときから、いまこの瞬間にいたるまでおれの親友《イイドウシ》が〝アメリカの脅威《パブリック・エネミー》〟の最たるものなのさ。執着するのはよほどの因縁があるからよ。あんたもキャンプ・カデナの事件に噛んでるからやあらんね」

「グスク、もうよせ、おしゃべりの時間じゃない」

小松がたしなめてきたけれど、グスクは黙らなかった。

「あんたもあの事件で動いた。だけど取り逃がした。それがあんたの汚名やあらんね」

「挑発するな、女子供に手心を加える男じゃないぞ」

警告の言葉よりもわずかに早く、ダニー岸がサチコの首に手を回した。

グスクを見つめる妻が、表情をゆがめてくぐもったうめき声を漏らした。

視界がどろどろした眩暈で溶けそうだった。グスクがこれまでどうにか手放さないできた唯一のものを、ダニー岸は踏みにじろうとしている。食卓や寝床でのサチコの声音や表情を、リュウのまなざしを理不尽に奪おうとしている。

「あんたらは、あんたらはいつもそうだよな」

膝にまで眩暈が下りて、くずおれそうだった。だからこそグスクはしゃべった。しゃべることで故郷の空気を吸い、島の人たちが育んできた希望から、不屈の熱源から力を借りて、ひと息ひと息を継いでどうにか踏みとどまった。

「アメリカーのため、政府や基地のため、たいそうなお題目のために知らせなくちゃならないことを隠してさ。でたらめ《ユクシ》、騙し《ユクシ》、裏切り《ユクシ》、島民の頭の上でかわす密約《カキエー》、それがあんたらの手札よ。きっとこうやさ、おれの親友《イイドウシ》はアメリカーの大事なものを奪った。あんたは追跡の特命を仰《おお》せつかったけど果たせなかった。それで根に持ってきたのさ」

「わかってませんよ、グスク、おれたちはこの島の平和のために火消しをしてきたんです」

「わかってないのはあんたらさ。そうやって大事なものを人質《カタ》にとって、おれたちをぼろぼろになるまで服従させて。この島であんたらがのさばるようになってから、いまのいままで島の暮らしが、土地の祈り《シマ・ヌ・ウガン》が顧みられたことがあったかよ。平和？　そんなもの戦争が終わってから一度も見たことあらんがあ」

「放っておいたらいつまでも演説をつづけそうだな」ダニー岸が嘲笑した。絞めあげるサチコの首を放さない。「こう思ってるんだろうね。そうやって話をしているあいだは、わたしが彼女にとどめを刺すことはないと」

見透かされてもあとには退けなかった。「おれだけやあらん、この島は制御をなくしてる、あんたらが警戒する一味も叛乱《はんらん》をあおるさ」

「大衆を煽動するとでも？　無駄だよ、この島で本物の民族闘争は起こらない。デモやストライキで馬鹿騒ぎをして、憲兵《MP》とにらめっこするのが君たちの限界だ」

「それはどうかね。おれもおれの事情でそいつらを追ってきたけど、あんたらと向きあってるといっそ危険分子の肩を持ちたくなるよ」

「そこに交じっているわけだな、君の親友が」

「いるかもな、故郷を救うのはいまも昔も、戦果アギヤーさぁね」

「わたしはその言葉が嫌いでね、戦果アギヤー。品のない言葉だ」

セ・ン・カ・ア・ギ・ヤー。一語一語に侮蔑をこめるように復唱したダニー岸は、サチコの喉首を力まかせに絞めつけた。サチコは悲鳴《ヤナアビー》も上げられずに顔を強直させる。行き場をなくした血の色を皮膚の下に透かして、額や目尻に動脈を浮きたたせる。やめろ！　たえられずにグスクは飛びだしかけて、背後から小松に羽交い絞めにされた。

「ここは従ってくれ、一味の確保を手伝うんです」

「だったらまず、女房から手を放せ！」

「君がいい子になったらな」

サチコの首が絞められる。強直した手が食いこむ。この男なら民間の女をひねり殺すぐらいは朝飯前だ。グスクを従順にさせるための人質なら、もうひとり車の座席で寝ているのだから――グスクの世界がゆがみだす。たえまない潮騒が鼓膜の奥で狂った不協和音に変わる。もうやめてくれ、うなりながら膝をつくと、グスクは掌をあわせてうずくまった。

頼むから、勘弁してくれ。このとおりだから――

あらがう術《すべ》もなく屈服しかけたそのときだった。

蒼《あお》い月光の染みた風景を、硬い暴風のような音がつらぬいた。

発砲したのはグスクじゃない。日本人《ヤマトウ》でもない。

ダニー岸がよろめいて、横腹を押さえ、砂利の上に膝を落とした。

グスクは一瞬の隙をついて腰を落とし、小松を投げ飛ばす。椰子の実《ヤーシグワー》を割るように頭頂部を地面に叩きつけた。その足で駆けだし、ダニー岸の魔手を逃れたサチコに駆け寄ると、日本人《ヤマトゥ》たちから引き離してみずからの背後に回らせた。

「そのふたり、けっ、拳銃……拳銃は持っとらんか」

撃ったのは地元民だった。グスクの声を聞きつけて車椅子を漕いできてくれた。国吉さん自用拳銃《アシバー》をかまえた国吉さんは、日本人《ヤマトゥ》たちが携行する拳銃を奪いとった。国吉さん自身はごろつきに刺されてリタイアしてからというもの、護身のために横流し品を隠し持っていたという。空き缶で練習してきたので射撃の腕には自信はあった、と強がりながらも震えを止められない。それでも夜陰にまぎれて事態を見守り、グスクの家族を救ってくれていた。

両手と口の縛めを解くなり、サチコの平手打ちが飛んできた。ああこれで離婚は確定やさ！　目の前が真っ暗になりかけたけど、恐怖をひきずりながらもサチコは、あんたの言ったことはまちがってない、あたしも平和を見てみたいというようなことを言ったのさ。グスクが日本人《ヤマトゥ》に放った言葉に瞳を潤ませて賛同を示していた。

「なにしてるのさ、早くこいつらを、悪いやつ《ヤナムン》を留置場に放りこんできてよ」

たいしたものやさ、さすがはこの島の元婦警さぁね！　国吉さんも快哉を叫んでいた。沖縄人ごときが……と呪詛《じゆそ》をつらねるダニー岸は、腹からの出血が止まらずに起き上がれない。地面に頭部を叩きつけられた小松も、国吉さんの銃口を向けられておとなしくなっていた。

「ダニー岸といったか、おぼえがあるぞ」そこで国吉さんが口走った。「わたしを刑務所に放りこんだ男がそう呼ばれていた。この男があのときの……」

「あんたも因縁があったのか、この煙男《キブサー》、このまま本土《ヤマトウ》に流刑にしちゃおうか」

「ああ？　そっちやあらんど、わたしに縄をかけたのは、こっちの男やさ」

国吉さんは、煙男《キブサー》ではなく小松を指差していた。

「あんたやさ、ダニー岸は」

名指しされた小松は、朦朧《もうろう》と頭をふりながら、

「まあ、そう呼ばれたこともあります」

「あんたが？　だったら煙男《こっち》は」

「ダニー岸は、高等弁務官の命で動く本土出身者の符牒《ふちょう》でね」

たしかにそう言ったのさ。ふたりのダニー岸。ふたりともダニー岸。善き隣人《ユタサン・チンジュー》をよそおったこの男も、悪趣味な嗜虐《サーハゴーサン・クンジョームン》にふける男も、どちらの男もダニー岸。アメリカの利益とみずからの存在意義を同化させて、この沖縄《シマ》の現実を本土《ヤマトウ》から遠ざけることに、対岸の火事《トウナイバタ・ヌ・ワジヤウエー》のままに保つことに血道を上げるすべての日本人《ヤマトンチュ》が〝ダニー岸〟だったのさ。

「うーん、あの連中は、あの連中はだめです……」意識をふらつかせながら小松はうわ言《タークトウ》のようにつぶやいた。「ああまったく……君が戦果アギヤーの絆にさえ拘泥《こうでい》しないでくれたら、おれたちは良い関係を築けたのに」

「あんたもあの年には島におったのか、おれの親友《イイドウシ》を追ったのか」

「おれたちは、米民政府のトップの特命において動いてきた。思想警察として、犯罪の捜査機関として、日米同盟を棄損するものは摘発して、醜聞《スキャンダル》だって揉み消してきた。それが本土の、ひいてはこの島のためだったからです」

「わかったよ、あんたらはそう信じてるんだろ……ひとつ教えてくれ、あんたらはいつもおれの親友《イイドウシ》を、あたかも島で生きているものとしてあつかう。その執着はどこから来るのよ、出来のいい諜報員は直感や妄想では動かん、そうやさ？」

「それはもちろん根拠があるから。トリイの通信傍受を甘く見ないことです。船舶からの通信や偵察衛星の記録、これらを重ねて分析して判断したことです。ある時期まではまちがいなく、君の親友は島にいたはずです」

「なにがやあ。それは、連れていかれた島から戻ってきたってことな？」

「それから、もうひとつ……」

と、言いかけた小松が動いた。拳銃をかざした国吉さんの腕を真下から掌底で突き上げる。そのまま手首をひねり、落ちた銃を拾い上げてかまえ直した。獣《イチムシ》のように俊敏な動きでグスクに足払いをかけて、車椅子を蹴飛ばし、右足に隠していたちいさな護身銃を抜いて、ふたつの銃口でグスクたちを釘づけにしてしまった。

「トリイには、特殊コマンドの訓練場もあるんです」

ダニー岸のひとりと知られるなり、小松は真の姿を隠すのをやめていた。

軍事訓練も受けているのか、するとついさっきの話はグスクの油断を誘うためのでまかせ《ユクシ》？

おれはこの島のために……独りごちかけた小松は、自嘲するように頭をふって、

「君たちだけでいい、瑞慶覧に来てもらう」

ふたりとも乗れ、と車の座席にあごをしゃくった。


おなじ夜、急ブレーキでタイヤが悲鳴《ヤナアビー》を上げた。

道路を渡ろうとしていた歩行者は、酒気を帯びた運転手の目に映らなかった。

ブレーキが踏まれたのは、轢いたあとだった。コザの往来でふたたび車の人身事故が発生していた。

キャンプ・クワエに帰ろうとしていた飲酒運転の米兵は、震えあがって車を内側から施錠《ロック》した。現場にはただちに憲兵《MP》のジープが駆けつける。被害者を病院に運ぶよりも憲兵《MP》たちは、通常の手続きどおりに加害者を基地に戻すことを優先する。たくさん

の目がそれを見ている。沿道につめかけた島民のひとりひとりが、燃えるようなまなざしを共有している。

この事故も二の舞になるのか。あの九月の、糸満の轢殺事件をなぞるのか。酒を飲んで、島民をはねとばして、無罪放免？

そんな法なら、もういらない。


おなじ夜、ウタがいない。

首里の施設には帰ってない。コザや那覇のどこにもいない。

ヤマコは捜しつづけていた。あらためて面と向かって、ウタと話がしたかった。あくる朝には洞窟《ガマ》に行ってみようと思っていた。その前に、美里に足を運んでいた。

ここにはいないと思っていた。妹《オナリ》が最期を過ごした土地だから——とはいえ孤児のころからなじみは深かったのだから、きっと手がかりを拾える。すれちがう女給たちの言葉を渡りついでヤマコは、路地の奥にあるAサインの暖簾《のれん》をくぐった。

いらっしゃい《メンソーレー》、とは言われなかった。

絞られた照明が、カウンターのなかの女給を陰と光の境目に立たせている。おしなべて特飲街の女がそうであるように、扁桃形の瞳にはぞくりとする翳りがあった。

熟れた唇は微笑んでいるようでもあるけど、それが彼女の標準の表情なのかもしれない。

ユタのおばあや島袋さんとは趣が異なっていても、その女はその女でちいさな神殿を守りぬく巫女《みこ》のような風格を漂わせていた。

「あんたはいずれ、来ると思っていたよ」

ずっとレイと同棲していたというチバナ。ウタとも親しかったチバナ。おなじ男たちを知っているからか、ヤマコを見返すまなざしは、ただ同年代の女というだけではない、宿縁の人を迎え入れるような強《こわ》い火をたゆたわせていた。

ストライキや本土返還に反対するビラが壁に貼られている。女給として古株のチバナは美里の組合長代理も務めていると聞いた。反基地派の急先鋒《きゅうせんぽう》と、基地の存続にこだわる美里の女。立場からしてもふたりは相容れなかった。

「あなたならすべてを見てきていると思って」

「あらあ、買いかぶってくれるのねえ」

「あの子がどこにいるのかも、知っているんじゃないかって」

さあ、とチバナは頭をふった。嘘《ユクシ》、とヤマコは直感をおぼえる。

基地の街に息づく声と、祈り。女たちのこと。死んだ少女のこと――

あふれそうな思いを、しかし言葉にできずに、ヤマコはただチバナを熟視した。おたがいの魂を量るような沈黙があった。チバナが目を細めて唇を開きかけて、やめる。

教えて。ヤマコはチバナを見つめる。チバナはヤマコを見返す。

運転席の小松は口を閉ざしている。煙男《キブサー》もしゃべらない。軍道で停まった車のなかに、熱を帯びた呼気が充満している。酸欠になりそうな相乗りのなかでグスクは、ダニー岸たちに問いかけた。

「尻切れとんぼにしたらならん、さっきの話やがぁ」

おまえたちはかならず親友《イイドウシ》を槍玉《ユクシ》に上げる。ある時期まで親友《イイドウシ》は島にいた、たしかな証拠があるとも言った。でたらめじゃないのなら、島葬で送った英雄の最晩年に知られざる経緯が、コザで共有された記憶に誤謬《ごびゅう》があるということにもなってくる。グスクとしてはやりすごせなかった。なにかがよみがえるような予感が萌《きざ》していた。過去になくしたと思っていたものにもう一度、手をかけられそうな胸の疼《うず》きがあった。だから答えてくれ、なんとか言ってくれ。黙殺したらならん。

もしも諜報技術の粋《すい》がつかんだ事実なら、ある時期とはいつなのか。あるいは語り直せる余地があるのか、島の英雄の物語に？

それこそがすべての事件に、すべての謎《ムヌアカシエ》に、待ちわびた光明を当てる真実じゃないのか。分厚い暗幕のかすかな透き間に、グスクはがむしゃらに首を突き入れた。

ところが小松はもう、あらたな事実を語るそぶりを見せなかった。

「——なにかあったのか？」

答えるかわりに、軍道の前方を見ながらつぶやいた。

グスクたちを乗せた車は、コザの中心部で立ち往生していた。

軍司令部《ライカム》への連行のさなかに、かれこれしばらく車が進まなくなっていた。

午前一時をすぎている。信号が青になっても動かない。壜の首にはまったように軍道二十四号線の車の流れが滞っている。クラクションと尾灯がつらなって、路上にはたくさんの地元民が出てきている。胡屋《ごや》十字路のほうには、憲兵《MP》や琉警の車も集まっているようだ。ささくれだった声が往来にこだましている。われがちに交差点へと走っていく島民たちの目には、むせかえるような異常な熱気がたぎっている。

「さてはアメリカーがやったか、また島民を轢いたな」

国吉さんが隣でつぶやいた。深夜の街が騒然としている。数珠《じゅず》つなぎの車の尾灯、癇走った声が連鎖して、渦を巻き、隣の渦とつながり、胡屋十字路へとなだれこむ巨大なうねりのなかに呑みこまれていく。

「このありさまじゃ、瑞慶覧につくのは年明け《ソーグワチ》になるねえ」

降車をうながしたけれど、小松はなにも答えようとしない。助手席の煙男《キブサー》が体をひねって銃口を向けてくる。応急処置された腹の銃創を片手で押さえ、気息奄々《きそくえんえん》としながら「余計な口をきくな」と血走った視線で嚇《おど》してくる。

「おまえたちはこれから尋問だ」と煙男《キブサー》は言った。「自分たちの心配をしていろ。この期におよんで逃げられるなどと期待しないことだ」

手負いの死神のように煙男《キブサー》がすごんでも、車はまるで動かない。日本人《ヤマトンチュ》たちは一方が車に残って憲兵本部へと救援を呼びにいく算段を練りはじめた。

路上では、通りすがりの米兵が島民をからかったことで喧嘩《オーエー》が起こっている。反対車線では走路妨害に遭った米兵の車が、民間の車に突っこんで玉突き事故が生じている。よくも次から次に、イトマンの二の舞いはならん！　と往来の声が聞こえる。やはりそうだ、酒と麻薬に酔った米兵の車が通行人を襲ったのだ。

大変なことになるぞ、国吉さんも声をわななかせている。米兵事件のなかでも無罪になりやすいのが轢殺事件だ。突発性の犯罪なぶん、軍司令部《ライカム》の法廷は証拠不十分の裁きをためらわない。そうでなくてもここは、女子供が姦《おか》され、塵捨て場に棄てられ、B52が墜落し、毒ガスに大気を汚染されてきた街だった。

そう、ここはコザだ——

基地から吹き荒れる人災《ワジャウエー》に公正な裁きがくだされないことに、住民たちはとっくに忍耐の限界を迎えている。路上で叫ぶものが望んでいるのは逮捕でも裁判でもなかった。憲兵《MP》がオートバイで車の隙間を抜けていく。島の警官も自転車を漕いでいたけど、群衆はアメリカーの官憲だけを狙いすまし、石を投げ、罵声を浴びせ、後先顧みずに食ってかかっていた。

こっちも黄ナンバーやさ、と声が聞こえた。

たちまち車窓の景色が、荒っぽい島民たちの体で遮られる。アメリカーは乗っとらん、だけどひとりは拳銃を持っとるぞ。軍司令部《ライカム》の公用車に乗っていたのが仇《あだ》となって人、人、人が群がってくる。黄ナンバーはアメリカーの手先やさあ！

「近寄るな、貴様ら、わたしの車から離れろっ」

腹に銃弾が埋まった煙男《キブサー》は、やにさがった平静を失っていた。

「沖縄人ごときが、消え失《う》せろ、わたしをだれだと思っているんだ！」

グスクたちの制止も聞かず、窓を開けた煙男《キブサー》が拳銃をかざし、島民たちの怒りを逆撫でする。激昂した人々があとからあとから寄ってきて、ボンネットに飛び乗って車を揺らす。いまのうちやさ、と口走ったのは国吉さんだった。

ダニー岸たちが火の粉をはらっている間隙をついて、グスクは車の錠を外し、後部席から飛びだした。助けてくれ、アメリカの手先に捕まったぁ！　みっともなく島の言葉でわめいたことで側杖《そばづえ》は食わなかった。かまわず行け、国吉さんの視線にも背中を押されて、グスクは人波をかきわけて胡屋十字路へと走りだした。

眼下の街が燃え上がろうとしていた。

スラブ造りのビルの四階で、ヤマコは愕然《がくぜん》としていた。

「これ、どうなってるわけ……」

たどりついたばかりのこの場所に、ウタはいなかった。

美里からその足で駆けつけたときには、すでにもぬけの殻《ウーガーガー》だった。

建物の窓から見晴らせる光景を、胡屋十字路でふたたび起こったらしい人身事故を、ここで目の当たりにしてほかの男たちと飛びだしていったのか。

故郷のコザの眺望は、嵐《ウーカジ》に荒れる夜の海のようだった。給油所から灯油やガソリンが持ちだされたようで、丸めた新聞紙が燃やされ、車に火が放たれている。胡屋十字路へと殺到する島民がもつれあい、あおり、あおられながら、ひとつの巨大な生き物のように路上を覆いつくしている。こんな騒ぎが起こらなかったら、あとすこし来るのが早かったら、ここでウタと逢えたかもしれないのに――

あの子なら、胡屋《ミークーメー》の事務所にいるんじゃない。

我慢くらべのにらめっこは、ピケット線《ライン》の場数を踏んだヤマコに軍配が上がった。

ネエネエにはかなわんさあ、チバナは吐息をこぼすと、知っていることを話してくれた。地元のコザ派の事務所ではない。系列団体でもない。返還にさきがけて進出してきた本土《ヤマトウ》の暴力団がいくつも看板を出しているそうで、そのひとつをよそおい、隠れみのにするかたちで〝新興〟のグループがこの街に拠点をかまえていた。

屋内にはたくさんの木箱が積まれていて、弾丸やライフル銃の包装も残っていた。それらも地元のごろつき《アシバー》と領土争いをするための道具ではない。ずっとウタが出入りしていたのは、戦果アギヤーの結社だっていうのさ。

「こんなときに飛びだして、火事場泥棒《クワジ・ヌスル》な?」

眼下の景色では、憲兵《MP》たちが石や空き壜を投げられている。

島民たちの声や足音が、地鳴りのように建物の基礎まで震わせている。

交差点のほうから、パン、と乾いた音が響いた。憲兵《MP》たちが引き金を引いたの?

たてつづけに数発、なにごとかの号砲のようにそれは街頭にとどろいた。

ここにいたはずのウタは、それからもうひとりは——騒ぎの渦中に出ていってなにをするつもりなのか。望める風景の彼方には、胡屋十字路から北に延びていく軍道の先に、キャンプ・カデナの第二ゲートの灯も見えていた。

だれもが、なにかを、償わせようとしている。

われらが沖縄人《ウチナンチュ》は、世界の終わりにたどりついていた。

グスクの視界に飛びこんでくるのはそういう景観だった。コザの中心部で起こった騒動が刻一刻とその震度を深めている（われら語り部《ユンター》が神かけて断言しよう、震源地となった交差点はあたかも垂直方向のオボツカグラと水平方向のニライカナイが交わるところ。この島がつむいできた壮烈な歴史の、めくるめくウチナーの叙事詩の到達点といってまちがいなかった）。

現場に急行した憲兵《MP》たちは、加害米兵の楯となって路上を離れようとした。だけど囲んだ数百人が許さない。身の危険をおぼえた憲兵《MP》の威嚇発砲が、最後の理性の防波堤も決壊させる。島民たちは石を投げ、雄叫び《アビーグイー》をつらねて、アメリカーへの返報に打って出る。憲兵《MP》の馬鹿が地元民を撃ち殺したって！　あっというまに誤　報《アンジヤランクトウ》も伝《でん》播《ぱ》する。誇張や脚色ざんまいで波及する。胡屋十字路からひろがった報復の意思は、屋外にいるほぼ全員に波及して、数千人にふくれ上がった群衆がアメリカーに襲いかかる。沿道に停まった黄ナンバーの車両を道の中央に押しだし、数人がかりでひっくり返して火を放つ。そこかしこで炎と煙が噴きあがり、夜の底が紅蓮《クワジ・ヌ・イル》の色に染まりだす。憲兵《MP》たちはたまらずに退却を図ったけど、暴徒となった島民が路地に追いこみ、地面に倒してヘルメットを足蹴にする。たっくるせ、島民たちの合唱が聞こえる。たっくるせ、連禱《れんとう》のようにそれは響きわたる。たっくるせ、たっくるせ、たっくるせ、たっくるせ、たっくるせ、たっくるせ、たっくるせ、たっくるせ、たっくるせ、たっ

くるせ、たっくるせ、たっくるせ、たっくるせ、たっくるせ、たっくるせ、たっくるせ、たっくるせ、たっくるせ、たっくるせ、たっくるせ、たっくるせ、たっくるせ、たっくるせ、たっくるせ、たっくるせ、たっくるせ、たっくるせ、たっくるせ。たっくるせ、たっくるせ、たっくるせ、たっくるせ、たっくるせ。

おれたちはもう我慢《ガッテイン》ならん。たっくるせ、燃やせ、だれも赦《ゆる》すな。

これがおまえたちの支配の結果だ。最後のひとりまでアメリカーをたっくるせ。

暴徒たちは北にその目を向ける。


この地で生きのびるため、ただそのために、組合長代理が女たちに告げる。

「あたしらも行くよ、美里の女をみんな集めて」

基地で稼ぐ特飲街の人々ですら、この夜の暴動には総動員をかける。

路地の奥から。曲がり角から。女給が、給仕たちが湧いてくる。


突き飛ばされて、路上で倒れている障害者を抱き起こす手があった。

「あんた、だいじょうぶね？」と男は言う。「その体じゃ避難するのが得策やさ」

「あんたは、わざわざ那覇から……」倒れた島民もその男の顔は知っていた。

車椅子のない国吉さんを助けたのは、那覇のごろつきの領袖《アシバー》《りょうしゅう》だった。

ならずもの《ヒンジャー》の王が、又吉世喜が、暴動の地に立っている。

たっくるせ、の大音声でリズムを取っている。


コザの市街で、暴動発生、暴動発生——

報告を受けた琉球警察は、第三号召集（島のすべての警察官の最大動員）をかけていた。

軍司令部《ライカム》からは最大規模のオフ・リミッツ、コンディション・グリーン・ワンが発令された。すべての米国人の全面外出禁止。キャンプ・カデナからはM1ライフルやカービン銃で武装した米兵四百人が基地周辺の警備、暴徒の鎮圧に駆りだされた。発令された外出禁止令を破って、現場に急行するアメリカーの姿もあった。あくまでも自然発生したものという観測にまっこうから異を唱えて、

「わたしに護衛をつけてくれ、これはテロリストの蜂起だ」

アーヴィン・マーシャルが、瑞慶覧からコザへと向かう。

燃える風景に見入る瞳にも、火が延焼するようだった。

深夜のコザそのものが、野蛮な熱病にかかったようだった。

動悸のひとつひとつに胸を衝かれながら、グスクはゲート通りを走っていた。

だれも先導はしていない。これといって号令が出ているわけでもないのに、群衆のなかには奇妙な統制が生まれている。憲兵《MP》に石を投げ、黄ナンバーの車を燃やしながら、だれに命じられるでもなくゲート通りを北に向かっている。駆りだされた武装米兵たちとせめぎあい、ねじふせられ、後退させられても、第二陣がその間隙をかいくぐって人と人の隙間をすりぬける。ウィスキーの壜と灯油と新聞紙でつくった火炎壜を投げて、路上の看板を振りまわし、数百数千のなだれうつ奔流となって基地の網を押し倒しかねなかった。

「あんたら正気か、そこを越えたら……わかっとろうが！」

視界がくらんだ。暴動に血が波打ち、髪の先にまで電流が這い上がった。

暴動の先陣を切るものは、禁断の境界を越えて、ついでにこの世からも飛びだしたいのか。米軍基地に押し入ったらどうなるか、そんなことはコザなら子どもでも知っている。

「これじゃあ、まるで、まるで……」

最前列へと走りながらグスクは自問自答した。おれはこの蜂起に乗り遅れたくないのか、それとも食いとめたいのか。もう警官じゃない、ひとりの沖縄人《ウチナンチュ》としてここにいて、たがの外れた島民たちの行進を止めたいわけでもない。だったらどうして走る？　それこそ二十五年にもわたるアメリカ世《ゆ》においても空前の暴動を、異国の支配がたどりついた風景をこの目で見届けたいのか。生まれ育った土地で火が上がり、黒い亡霊の影が走って、過去と現在がまだらに溶けあう。ありったけの財産や尊厳を、それまでの日常を〝鉄の暴風〟に奪いつくされたあの時代すらも想起させる、冥土の情景がそこに現われていた。

胸の底から衝き上がるものがあった。グスクのまわりで風が沸騰していた。運命に打ちひしがれて、戸惑い、さまよい、抑えきれないものを解放した人々が走っている。

ああそうか、ようやくグスクにもわかった。

この風景の意味がわかった。今夜、よみがえったものがなんなのかわかった——燃える景色に照り映えるのは、黄金色の面差し《クガニ・ヌ・カーギー》。最果ての夜を疾走するのは、掛値なしに無謀で、野蛮で、アメリカーをきりきり舞いさせてきた沖縄人《ウチナンチュ》たち。ここにいるのはみんながみんな〝戦果アギヤー〟だ。戦果アギヤーの魂が暴動に受け継がれて、コザのひとりひとりがみずから走るものに、島でいちばんの英雄になってよみがえった。そうやさ！　胸の衝動が高まって、濃密な霊気がこめかみで脈打つ。あらゆる虚飾がはぎとられたこの夜に、数えきれない戦果アギヤーたちが激しい奔流となって、世界の果てに、ウチナーの叙事詩の幕引きになだれこもうとしているのだと痛感させられていた。

実際、暴徒たちは燃える車を押したてて、ゲートを突破しようとしている。第二ゲートの両わきの金網にも、がしがしと手足がかかっている。路地から金網にとりついて、キャンプ・カデナに侵入する人影もある。越境があいつぐなかで、たしかにグスクは見たのさ。熱をはらんで沸騰する視界に、あのたぐいまれな雄姿を——

数人で寄りかたまって、ゲート右方の金網をひとり、またひとりと越えていくものたち。

その先頭を切るのは、彼岸から戻ったあの男だった。

ついに、ついに見つけた。オンちゃん——

眼球がまぶしい光につらぬかれたような眩暈をおぼえた。

荒々しい血流の音が、際限のない響きをはらんでこだまする。

ああ、こんな瞬間が来るなんて。歳月をまたいでグスクは親友《イイドウシ》と再会していた。

待ってくれ、喧騒をかきわけてグスクも追いすがった。待ってくれ、待ってくれ。雄々しい背中は境界線を越えて基地の奥へ消えていく。十人から二十人の男たちが同行していて、だれもが武装している。グスクもためらわずに金網を越え、基地の敷地へと飛び降りた。どんなときでも先陣を切ってグスクたちに走りつづける燃料を、生きる力をもたらしてきた男の背中に追いすがる。すべての戦果アギヤーに価値を与え、宇宙《ティンガーラ》の中心となり、共同体の幻想を打ち破ろうとする運動体にもなってきた雄姿が、つかのまの幻影から現実の姿へと揺り戻される。視界にたゆたう面影《ウムカジ》を振りはらうように、グスクは叫んでいた。

「おまえやさ、レイ！」

前方を走っていく男が、止まらずに顔だけで振り返った。

オンちゃんとまちがえるなんて、あのレイを！　顔を隠しているがまちがいない。連れだっているのは危険分子のグループか、ただのごろつき《アシバー》ではなさそうだ。それこそレイとは十年は会っていないが、面変わりしているかどうかはわからない。四方八方に散らばっていく武装グループの全員がオリーブドラブ色の覆面をかぶっている。これまでの米兵襲撃や暗殺未遂事件とはものがちがう。曇った硝子のゴーグル、突きだした吸収缶。島じゅうに〝戦果〟として配られたのとおなじガスマスクを装着していた。

なおかつそれぞれがM1ライフルをたずさえ、雨合羽のような上着をまとって軍手をつけて、厚着の上に革の弾帯《だんたい》を袈裟《けさ》がけに、予備弾倉をどっさりパウチに収納して、軍用の背嚢《バックパック》を背負っている。どれもこれもアメリカから奪った戦果なのか、米兵の演習でもそうはお目にかかれない重装備だった。

「待たんね、レイ、待てってば！」

視線でグスクを認めたレイは、それでも立ち止まらない。

散らばった一味は、基地のなかのガードボックスや米人学校に火を放っている。物騒な武装集団とつるんでなにをやらかすつもりか、基地の奥へ奥へレイは走っている。グスクもレイも、キャンプ・カデナの内側を走るのは人生で二度目だった。だけど一度目とはなにもかもちがっている。あのときグスクはだれも追いかけていなかったし、レイが逃げているのはグスクからではなかった。

なんといっても今夜のレイは、でたらめにも無軌道にも走っていない。この暴動が起こることを見越していたかのように、確固とした意志をもって走っている。

あのレイが、野良犬《ヤマイン》のように舌を垂らしていたレイが、武装集団のどん尻《チビ》にくっついているわけでもない。ほかの男たちに指示を飛ばしながら、だれの後塵《こうじん》も拝さない傭兵《ようへい》の長のようにふるまっている。走りながらレイは、後方にライフルの銃口を向けて威嚇までしてきた。グスクはそれでも引き返さない。ここまできて尻尾は巻けなかった。

おのずと脳裏には、弥勒《ミルク》のようなヤマコの顔が浮かんだ。

幼なじみ《ドウシ》同士で、兄弟《チョーデー》のようなもの同士で争っちゃならんがあと叫んでいる。

おれは兄貴《ヤッチー》のかわりにもなれなかった、とグスクは思った。

ずっとこいつは、独りで生きてきたんだ。

だれにも頼らず、世にしたがわず、亡き兄《ヤッチー》の幻影を追いかけてきた。

なにもかもを捨てて行方をくらませ、放浪のはてにたどりついたこの瞬間を、世界の最果てにふさわしい威風堂々の態度で走っている。

追いすがるグスクを相手にする気になったのか、重たい装備がかさばるのか、レイはつかのま速度を落とすと、体の半分をこちらに傾けた。そうして片手にライフルをたずさえたままで、待ちわびた騒乱の夜を、懐かしい友を歓迎するように両手をひろげたのさ。

「そんなにおれに会いたかったかよ、グスク？」

ガスマスクの下からくぐもった声がした。ずっと遠ざかっていた声、十年ぶりのレイの声。戦果アギヤーどころか筋金入りの危険分子《テロリスト》として帰ってきた男が、ゴーグルごしに熱した刃物のような視線を返してくる。

十七　下手にいじったら危ない、復帰の条件、戦果アギヤーの墓場

数えきれない夜を越えて、正気を失った世界を渡り継いで。

修羅場をいくつもかいくぐって、この日のこの夜にたどりついた。

事前の予想をはるかに超える暴動が発生して、レイは勇んで基地の金網を乗り越えた。するとグスクが追ってきた。こいつは昔からそういうところがあるよね、いいところでしゃしゃり出てくるのさ！　街じゅうで火の手が上がり、レイたちも臨戦態勢を整えているなかで、基地のなかに丸腰で飛びんでくるのだから能天気男《テーファー》というほかになかった。

「暴動にあやかって、アメリカーに突撃かよう」グスクがわめいている。

「見てのとおりさ、おまえは？　逮捕でもしたいのか」レイも声を張りあげた。

「あせもの世界地図ができそうな格好《なり》やさ、マスクを外さんね。なにを言ってるかわからん」

「邪魔だからすっこんでろって言ったのさ、逮捕なんてできんから」

「おれは、警察は辞めた」

「路頭に迷ってるなら、一緒にアメリカーに泡を吹かせにいくか」

「そりゃいいね、イカレちんぽこと心中《フリムンソー》なんて、嬉しくて小便《シーバイ》漏らしそうさ」

「誘ってもこないよな、犬小屋を追いだされたって、腰巾着《イーチケームンサー》体質は抜けないさ」

　おまえの魂胆は見え見えさぁねとレイは思う。グスクはしゃべりながらすこしずつ間をつめてくる。予定どおりに同胞たちは基地で散らばって、レイのそばにはふたりしか残っていない。それでもM1ライフルを装備した相手と丸腰でやりあうつもりなら頭のねじが外れている。腑抜けたお調子者《テーファー》のようでときどき命がけ《ヌチガーキー》のふるまいもためらわない。コザの英雄の〝相棒《グー》〟の座を奪いあってきたときから、この男はずっとそうだった。

　だったらズドンとやっちまえ、レイは銃身をもたげた。歳月をかけて進めてきた計画を害する邪魔者《ワーバムン》は、地元のだれであっても容赦をするな。

「あーあー、わかったから、そんなもん向けるな」

　強ばりをといてグスクは、両手を頭の上にかざした。

「おたがいに若造《ニーシェー》やあらん、この齢でおまえの尻ぬぐいはごめんやさ」

「だったら戻らんね、家族も待っちょろうが」

「へえ、どうして知ってるわけ」

「ちゃーコザにいたからね、聞こえてくるさ」

「おまえそれ、だれに聞いたのよ」

だからその手には乗らないって。レイは同胞のひとりに指示を出した。

それから、グスクに告げる。共闘するつもりがないならすぐに回れ右して、基地の外まで走れ。

立ち止まったり、振り向いたりしたら、おまえの頭には眺めのいい穴が開くことになる。紙吹雪みたいに腸《ワタ》がばらまかれる。愛しの女房《ボージャー》もちびすけも、基地のなかまでお父《スー》さんの残骸を拾いにはこられんさ。オーケー？

顔をひきつらせてグスクはうなずいた。銃口で威《おど》すために同胞が接近する。みっともない面さらして、とレイは鼻で笑った。こいつは昔から拳銃に怖じけるから、目と鼻のさきであの世《グソー》を覗かせてやればいやでも逃げたくなる。かれこれ十年ぶりだし、もっと話をしたかった気がしないでもないけど、まあしかたないさ。

さよなら、グスク、よーいどん！

ライフルで号砲を発したそのとき、回れ右したグスクが、さらに回れ右をした。くるりと一回転すると、銃をかまえた同胞に突進してきた。

ガスマスクのせいで同胞は視界が狭い。その下半身にグスクは組みついた。次の瞬間、わら人形のように同胞が軽々と舞った。

グスクがあざやかな投げ技をみまっていた。

あがひゃあ、とレイは目を見開いた。おまえにそんな手札があったか？

グスクとのあいだに、視線の火花が散った。

奪ったライフルの銃身を掲げて、グスクは撃ちながら突進してくる。

この野郎、撃ちやがった！　条件反射でレイも斜め上に発砲を返した。

たちまち間合いをつめられ、体当たりされた。これがこいつの通常運転なのか。体ひとつで米兵や粗暴犯《ナムジャー》と向きあってきたからなのか、幼なじみ《ドゥシ》は銃口を向けられてもすくまない男に変貌していた。勢いに圧《お》されてレイは尻もちをつく。倒れこんだままでライフルをかまえる。グスクはすかさず真下から銃身を押し上げて、もつれあって取っ組みあいになる。たがいに腕を突っぱらかせ、左右に転がって、優位な体勢を奪いあった。

がちゃがちゃと装備はかさばるし、ガスマスクの視界も狭すぎて、つかみあいの喧嘩はあまりに分が悪い。これだけしっちゃかめっちゃかでは同胞たちも撃つに撃てない。前蹴りでグスクを突き飛ばすと、両手でライフルの射撃体勢をとった。そこではたと気がついた、あとずさったグスクの足元に背嚢が落ちている。たずさえてきた装備のひとつ、とっておきのブツが、揉みあうなかで地面にこぼれていた。

抜け目なくグスクが、レイの視線を盗んだ。

すかさずその手で、背嚢を拾い上げる。

同胞が撃った。グスクは背嚢を抱えこんだ。

「撃ったらならん!」

レイのその一言で、それが大事なブツだと察したらしい。

グスクは背嚢を抱えこんだまま、やおら逆方向に走りだした。

「この泥棒《ヌスル》、追っかけろ、奪いかえせ!」

他人さまのものをくすねるなんて見下げ果てた根性だ。

今度はレイが追いかける番だった。同胞とともにレイも走りだす。

グスクはちゃっかり背嚢を背負った。おかげで後方から撃ちぬくこともできない。なりふりかまわず逃げまわって、レイたちをひっかきまわす魂胆らしい。そうまでして計画を止めたいのか、危険分子を制して自己満足に浸りたいのか。いちいち正義漢《フリマクトウ》ぶって、いまいましいやつめとレイは歯嚙みした。おまえはだれのために、どういう思想信条で動いているのさ。そういうところが奴隷根性《イーチケームンサー》の抜けないまぬけ《ウフソー》だっていうのさ!

「くるさりんど、盗人野郎《グマヌスル》、そいつを返さんね」

追いかけながら叫ぶと、グスクも叫びかえしてきた。

「おまえが言うな、戦果アギヤー。そのライフルもマスクも奪《と》ってきたもんやさ」

「わからず屋《ガージュー》、基地から奪《と》るのが戦果アギヤーやあらんね」

「このブツがなかったら、計画はオジャンってわけかよ」

たちどころにグスクは嗅ぎつけていた。この襲撃の本質を大筋で見抜いていた。

奪ったものがレイの〝切り札〟だと察している。だけど肝心の中身がなにかを見定めもしないで、厄介な妨害におよぶあたりがグスクだった。

「下手にいじったら危ない。おれたちの着ぶくれが見えんのか」

「おおかた時限爆弾のたぐいやさ」

「おれたちにしか使えん。なんべんも無人島に渡って、実験を重ねてきたのさ」

「離島の珊瑚礁を吹っ飛ばしてきたのか、おれは自然愛護派さぁね」

「だからどれだけの量をまいたらどのぐらいの効果があって、どのぐらい除染されないかも計算ずみよ、おれたちにしかそいつは使えん」

「……ああ、除染？」

「おまえは、ガスマスクもかぶっとらんがあ」

「あがっ、毒ガスな？」

グスクが肩ひもをつかんで、背嚢をぶん投げかけた。

投げるな、投げるな！　同胞とともにあわててレイも叫んだ。

かろうじて持ちこたえたグスクは、それでも背嚢を放さず、走るのもやめない。

「はったり《ガンマリ》さんけえ、真に受けそうになったぞ……」

「絶対に投げるな、はずみでふたが開きかねん」

「弾薬庫からVXガスをせしめたっていうのか。そんなわけあらん、ひょいひょいと持ち運べるわけあらんがあ」

「それが持ち運べるんだよ、持ち運んでるやあらんね」

「弾薬庫の事件は、未遂で終わったはずやさ」

「おまえ、捜査したのか？　だったら話は早いな、弾薬庫のガスは奪えなかったけど化学中隊のやつをひとり、さらってやったわけさ」

「さらったって、アメリカーを？　そんなことがおいそれと……」

「誘拐《アシバー》もごろつきの手札のうちよ。それでそいつに一から合成させたのさ」

追いつ追われつ《ウーエークーエー》をつづけてもいられない。事実を知らしめるほうが早かった。

中身を見てみろと挑発すると、グスクは片方の肩にまわした背嚢をおそるおそる覗きこんだ。

ほれ、見えたか？

珈琲の缶よりは大きい、三百グラムの円筒状の容器が二十個――

衝撃を加えてふたが外れて、琥珀色の液体がこぼれだしたら大事になる。ガスマスクも防護服もつけてないおまえは、いの一番にイチコロよ。

「信じられるか、これもはったりに決まってるさ」

グスクはそれでも止まらない。ブツを抱えこんで基地を走りつづける。

重たい装備がわざわいして、同胞たちが次第に遅れはじめる。レイの走る速度も落ちていた。

喧騒が遠巻きに響いていた。暴動の音がここまで聞こえていた。たがいに息切れして、しばしば立ち止まり、かたときの睨みあい《ミークーメー》があって、ふたたび走りだす。グスクはしぶとく一定の距離を保ちつづけて、レイが走りだせば自分も走りだす。そのくりかえしだった。

この意地っぱり《ガージユー》、でしゃばり屋《メーユイユイサー》！　わざわざ切り札を明かしてやっても、ガスのことを教えても（知念教授の講義をおさらいしておこう、ほかの兵器とくらべるとＶＸガスは製造と運用が容易で、だからこそ〝貧者の核爆弾〟と呼ばれる。以上、復習終わり）聞く耳をもたず、肩を波打たせながら走るのをやめなかった。

「はっはっ、ふっ、ふっ……猛毒なんだぞ」

「はあ、はっ、はっ、そんな話が信じられるかあ」

「たった一滴でもおまえは痙攣《けいれん》して、ひっくり返って心肺停止さぁね」

「もしも、もしも毒ガスだとして、そんなものをどうするつもりさ」

「決まってるさ、基地でばらまくのよ」

をつめる。

グスクはまた逃げる。レイは追う。グスクは逃げる。

「アメリカーたちを、ウサギとおなじ目に遭わせるのかよ」

「そういうことさ、ここの司令部で実演《デモンストレーション》をするのよ」

デモンストレーション？　と訊きかえされたところでレイは、すかさず全速力で間をつめる。

グスクはまた逃げる。レイは追う。グスクは逃げる。

あまりの暑さでレイも、タオルを巻いた頭の上にガスマスクをずらした。

たがいによれよれだった。

青息吐息になって、駆け足もつづかない。

あらためてキャンプ・カデナは広大だった。英語《ウランラグチ》の標識、警告板、縦横に走る車道とひしめく建物群。巨額のドルをはたいて横流しさせた基地の地図によって、司令部や作戦本部がある主要施設群から、売店《PX》や将校クラブ、カルチャーセンターや映画館（あの嘉手納アギヤーのころよりもあきらかにレジャー施設が増えていた）の区画の位置関係もざっくりと頭に入れてきた。それでも都市のような巨大基地は涯《はて》を見せない。でたらめなグスクの動線を追ってきたせいで、現在の位置もあやふやになってきていた。

気がつくと同胞たちともはぐれて、グスクと一対一になっていた。

暴動の鎮圧にあたっているからか、衛兵とはまだはちあわせていない。それでもふざけた鬼ごっこをふっかけられて二十分か三十分は経過している。ひととおり施設を焼き討ちにして、売店《PX》や兵舎を打ち壊してから同胞との合流地点に向かうはずが、このままではレイだけ間に合わない。計画の遂行が難しくなってしまう。

「はあ、はぁ、はぁ、このイカレ野郎《フリムン》。毒ガスを持ちだすなんて」グスクが両膝に手を突いてつぶやいた。「ちゃんと密閉されてるんだろうな」

「ようやく信じたかよ」相手は止まっているのに、レイも駆けだせなかった。

「戦果を配ってたのもおまえたちだな」

「へっへっ、あれはよかっただろ」

「英雄《グワーシー》ごっこな？　革命家でも気取ってるのか」

「この暴動は、行き着くところまで行き着かなくちゃならん」

「ちゃーコザにひそんで、このときを待っていたわけか」

「奪われたものを奪い返す、それが戦果アギヤーの流儀やさ」

「怒ってるねえ、米兵に女でも横取りされたか」

「わかっとろうが、この島の主権さぁね」

この夜に逢着するまでに、何年もかかった。

沖縄《シマ》をあとにして、もう二度と戻るまいと思ったこともあった。

だけどレイの放浪は、あくまでも故郷《シマ》に戻るための遍歴だったのさ。

あの暗殺計画でのけものにされたことが放浪の始まりになった。タイラさんの薄情者《ジビタムン》！　存在価値を否定されたレイは自暴自棄になり、すぐあとの一斉捜査を逃れて密航便で大陸に渡った。行く先々で〝クブラ〟の逸話を耳にした。銃器や物資だけではなく人身売買にも手をつけていたクブラは、男たちを労働力として、女子供は愛妾《ユーベー》として売りさばいていた。たどりついた大陸の闇市場にとどまっているうちに、マカオや中国の密輸商たちとの人脈がひろがり、インドシナ半島の〝栽培業者《ハルサー》〟を訪ねる機会にあずかった。ベトナム戦争のさなかにあった半島では、ベトコンの雄姿に感動した。貧農の国なのに、沖縄人《ウチナンチュ》とも変わらないのに、アメリカーとわたりあうたくましい英雄ぶりときたら！　いやでも思い出すさ、かつて故郷《シマ》で送った日々を、そのときに見ていた風景を――おれはどこに行こうとしているのか、これからなにをすべきなのか。葛藤と放浪、混乱と迷走の歳月を送ったすえに、レイは人生でも何度目かの〝目覚め〟を迎えていた。あるとき懐かしい夢を見て、起きると枕が濡れていた（サイゴンの安宿だったね）。その日からはたしかな願望を抱いて暗躍をはじめた。大陸の闇市場では金次第でなんでも手に入る（拳銃でも兵器でも、産地直送のフレッシュな麻薬でも、鎖につながれた男女の奴隷でも）。そこでベトナムの栽培業者《ハルサー》と契約の握手をかわし、海を越えて日本《ヤマトゥ》にもひろがる麻薬の販路を築くことで元手を稼いで、アメリカと闘えるだけの兵器の購入をもくろんだ。一九六六年ごろからは故郷《シマ》にも戻ってきて、本土《ヤマトゥ》にも商談で往き来した。そのころ対面していったのは、安保闘争で追われた活動家崩れ（ハイサイ！）、破門されたごろつき《アシバー》（ハイサイ！）、外国人部隊にいたという戦争好き《ジョーグー》（ハイサイ！　出自や来歴がちがってもおなじあぶれもの、そりゃウマもあうさ）。これという人材を選んで仲間に引き入れて、かねてからの悲願だった〝戦果アギヤー〟の結社を起こした（アジト開きの宴会《スージ》はやらなかった。五〇年代とはちがうからね、時勢にかなった戦果アギヤーとして慎重に息をひそめたのさ）。基地や軍事施設から奪った物資を配りながら、来たるべきときにそなえて大陸の闇市場との商談も重ねていった。ところが大づめになって信用問題でケチがついて、兵器と戦闘機の購入がご破算になってしまった。これは痛手だった。おかげでほかの経路からブツの調達を算段し直さなくてはならなくなった。そこでレイが目をつけたのが弾薬庫地区だ。海に化学物質が廃棄されているという地元の噂からあたりをつけて、真面目な下調べ（不良米兵の頰をドル束ではたいて、特飲街を使って大麻で骨抜きにした）で確証をつかんで、さあ大一番！　総動員で強奪にかかったけど兵器そのものを奪うことはかなわず、そのかわりに〝死神部隊〟の化学者はさらってきた。同胞が有していた本土《ヤマトゥ》の廃倉庫をラボに改築して、携行に耐えられる容器と運用技術の開発を急がせた。

あわせてレイは勉強もした。たくさんの資料や文献と向き合った。知識が増えるにつれて身震いをおぼえた。掌中にあるものの真の恐ろしさを、個人が国家と戦争できる時代になったことを思い知らされていた。マスタードガスやサリンガスに遅れをとること半世紀、産声《うぶごえ》を上げたVXガスはこれまで千トン以上も製造されてきたし、いまでも莫大な量が造られている。実験の手ちがいで漏れた量だけでも都市をひとつ葬ってしまう。顕微鏡の目にしか見えないその凶暴な分子は、路地という路地を覆いつくし、炎の風になって鼻や口や皮膚から人体に侵入して、染色体を痛めつけ、骨をぼろぼろにして、酸素不足の血液で細胞膜を満たしてしまう。吸いこんだものは灼熱の痛みに頭をつらぬかれて、呼吸困難や意識障害を起こし、星の爆発を見る。微生物の宇宙《ヌ　タ ティンガーラ》を見る。人間が見てはならない世界を見つめながらどうしてこんなことになったのかもわからずに息絶える。これほどの代物を使いこなせるようになれば、どんな局地戦にも勝てる。大国との取引もできる。レイたちにとっては新天地を拓くための切り札になる。うまくすればこの地上に、現世のニライカナイだって出現させられる――

地面が鳴っている。たえまなく震動している。

暴徒のあふれる遠景の空が、まだらな橙色に熾《さか》っている。

頭上にはヘリが飛び、サーチライトを旋回させている。

どこかから銃声も聞こえた。同胞がアメリカーと交戦をはじめたか。暴動にまぎれた侵入者を嗅ぎつけたか。まごまご《トゥヌーマヌー》していればすぐにこっちにも米兵の手がまわりかねない。同胞たちとの合流の時刻も近づいている。グスクときりのない駆け足勝負《ハーエースーブー》をしていられる時間は残っていなかった。

「おまえが弾薬庫を叩かなかったら」グスクが前方を走りながら言った。「ガス漏れもなかったのか、あれがなかったらここまで島民も怒らなかったさ」

「あらん、遅かれ早かれこうなった」レイはその言葉を否定した。「どうあってもアメリカーは自分たちの罪を清算しなけりゃならなかったのさ」

「毒ガスをばらまいて、ハイどうぞと主権を返すやつらかよ」

「お、おい、容器のふたが開いてるぞ」

「あがひゃっ」

「うへへ、嘘《ユクシ》！　跳び上がるぐらい危険だってわかってるなら、いいかげんにそいつを離さんね」

口惜《くや》しげにグスクは走りつづける。追いながらレイは言葉をつらねる。世界初のVXガスの死傷者はアメリカーになるのさ。今夜の実演《デモンストレーション》がうまくいったら、声明を出して政府と交渉《カキエー》に入るかまえよ、だからもう遊んでられんのさ。

「さてはおまえ、独立でもねじこむつもりだな」

グスクはレイたちの狙いを知ろうとしていた。沖縄《ウチナー》独立論（われら語り部《ユンター》のなかにもこの極論を重要視するものはいる。本土《ヤマトゥ》とは訣別すべきだと提唱する識者はつきなかった。琉球処分のころからこの島は征服され、搾取《さくしゅ》され、帝国主義の犠牲になってきた。復帰の是非が問われているいまこそ完全な独立を目指すべきだと）。お説ごもっともと賛同したくなるところもあったけど、それもレイたちが見据える未来像とは相容れなかった。

「あんなものは空論やさ。独立国家になったところですぐに攻めこまれるか、自滅してお終《しま》いよ」

「おまえなら食いつきそうだけどな、だったら復帰賛成派な？」

「復帰はしたらいい。どうせ基地も残る。だから日本《ヤマトゥ》と交渉《カキエー》するのさ」

「あひゃあ、本土《ヤマトゥ》を脅そうってのか」

「そうよ、嘘つき《ユクサー》と卑怯者《ハゴームン》だらけの政府と話をつける」

「たしかにまあ、おれが知ってる日本人《ヤマトンチュ》も厄介《ニーワチャヤレー》なのばかりだけどさあ……」

「本土復帰に、条件をつけるのさ」

おまえにとっても悪い話じゃないさとレイは息巻いた。今夜の実演《デモンストレーション》で米軍を人質にするんだよ。追従を重ねるだけの日本《ヤマトゥ》を、ＶＸガスの実害と次の使用予告で震えあがらせ、その裏で密約を持ちかければ、協議のテーブルにつくしかない。それから〝核ぬき・本土なみ〟なんて慎《つつ》ましいものじゃない、もっとまっとうな返還の条件を突きつけるのさ。

「条件はふたつある――その一、コザか那覇に日本《ヤマトウ》の首都を遷《うつ》すこと。その二、瀬長亀次郎や屋良主席あたりの島の政治家を、佐藤栄作を更迭したあとの内閣総理大臣に任命すること。このふたつが通らなかったら返還は白紙よ」

馬鹿《フラー》のようにグスクはあごを落としていた。騒乱の熱に浮かされた暴論《ウフムヌイー》と思うか？　だけどこれこそが健全な要求なのさとレイは言いきった。

「だれもそんなこと言っとらん」グスクがつぶやいた。「革新派の政治家も知恵者《ジンブナー》も、だれもそんな要求はしとらんど」

「だからみんな腰巾着《イーチケームンサー》体質が抜けないんだろ。頭越しにかわされた日米の合意なんて反故《ほご》にして、そのぐらいはねじこまなきゃならんど」

返還によって日本《ヤマトウ》のはしっこに加えてもらうんじゃない。国家の首都の座を獲得するのさ。一九七二年のその瞬間からは、沖縄《ウチナー》が国の中心になって、この島の英雄が〝最高行政主席《プライム・ミニスター》〟になるのさ。そのぐらいの条件をつけないと遺恨は晴れない。戦争をしないことにした日本《ヤマトウ》の平和がアメリカの傘下《さんか》に入ることで成立しているなら、その重要基地のほぼすべてを引き受ける地方こそが国政をつかさどるべきだとは思わないか。地図の片隅にある島だなんてつまらない先入観にとらわれるな、それは本土《ヤマトゥ》の人間が描いた地図なんだから。

「アメリカーとの条約や協定をどうするか、首都の移転で生じる問題は、おっつけ解決したらいい。基地を残すならこれが復帰の最低条件よ」

「亀さんが首相になるのか、そりゃあ上等《ジョートー》やさ……」

「後進の政治家でもいい。たとえばおれたちの幼なじみが、教職員会から主席選挙にでも出馬することになって、当選したあかつきには……」

「あがひゃあ、ゆくゆくは女性総理か！　おまえそんなこと考えてきたのか、いっぱしどころか本物の革命家やあらんね」

おまえにならわかるはずさ、レイは真正面から幼なじみ《ドゥシ》の瞳を見返した。この夜の暴動は、基地の島がたどりついた民族のレジスタンスだ。この世界で生きていける場所を奪い返そうとする、戦果アギヤーの魂の発露だ。だからどんなに無謀な青写真でも、現実味のない究極の理想でも、おれたちはそれを本気でつかみにいかなくちゃならない。おなじ英雄を知るこの男にならかならずわかってもらえると信じて、どこか祈るように計画の全容を明かしていた。

たがいに叫びあい、罵りあいながら走りまわってきて、たどりついた緑地ぞいの車道で、グスクはとうとう精も根も果てたように地面に座りこんだ。それでどうする？

レイはグスクを睨みすえる。ここまで聞いても反動分子と一蹴するのか、それとも共闘を選びなおせるか、おまえという男の度量も試されてるんだよ。

「よし、おれも乗った」

グスクは自棄でも起こしたように、背嚢から容器のひとつをつまみあげた。

だから下手にいじるなって！　身がまえながらレイは距離をつめた。

車道にあぐらをかいたグスクは、もう逃げようとしなかった。

「と、言いたいところだけどな……おまえのたくらみは上等《ジョートー》やさ。首都の移転はともかく亀さんやあいつのような人間に政治を任せられるなら、どうあっても故郷《シマ》は悪いほうに導かれない。おまえはすごいねえ、正直、脱帽したよ」

「だったら起《う》きらんね、おれと一緒に来いよ」

「だけどなあ、こんなものに頼らなくちゃならんのか。おまえは今夜、死んでもかまわんって思ってるだろ。おまえが命《ヌチ》を張って毒ガスをまかなきゃならない時点で、この計画は破綻してないか」

だから勝算はあるんだって。もどかしくなったレイは銃口を突きだしながら足早にグスクに駆け寄った。玉砕なんてしない、だからいいかげんにそいつを返せ！

「おまえとはいろいろ話さないとならんがあ。おまえの兄貴《ヤッチー》のことも、あいつのことも。あいつの様子が変わったのは、兄貴《ヤッチー》のことを突き止めたおまえが帰ってきた時期やさ」

「なにがやあ、いきなりなんの話よう」

「おまえ、あいつになにかしたろ」

「だれがやあ」

グスクは勘づいている。直感であの夜の事実を嗅ぎつけている。

あの路地裏の出来事を、濁った砂のようにレイの心の底によどんでいる情景を──

もしかしたらこいつは有能な警官だったのかもしれないな、とレイは思った。それともそれだけあいつに真心《チムグクル》を寄せてきたからか。こいつの前では動揺を隠したり、上っ面のごまかしを並べたりしても無駄だと思った。

「あいつはなにも言わん。だからおまえの悪さを償わせるには、あいつのもとに引ったてないとならん。おまえにはまた、おれにとっちめられないとならん理由があるわけさ。刑務所の暴動のときや暗殺計画のときとおなじさぁね」

胸裏の奥に差しこむような痛みがあった。魂をふやけさせる感傷や葛藤にこんな夜だけはおちいりたくなかった。

「かしまさんど、もういいから十《トウー》を数えるうちに渡さんね」

「おまえが無茶をやらかすたびに、おれはとっちめようとして」

「一《ティーチ》……」

「おれがやらなくちゃならん、ずっとそう思ってきた」

「二《ターチ》……」

「それがどうしてか、ここを逃《ひ》んぎっていて思い出したよ」

「三《ミーチ》……四《ユーチ》……大概にしろ、いつまでしゃべってるのさ」

「あの夜、おまえの兄貴《ヤッチー》に言われたのさ。おまえのことを頼むって」

「五《イチチ》……」

「おれはずっと、オンちゃんになりたかった。だからおまえの兄貴《ヤッチー》にもなろうとして」

「六《ムーチ》……だれがだれの兄貴《ヤッチー》だって？」

撃たないと見くびっているのなら、どこまでも頭が花畑の能天気男《テーファー》だ。あげくに妙なことを口走りはじめた。おまえが兄貴《ヤッチー》だって？　厚かましい言いぐさに神経を逆撫でされて、レイは銃の先端をグスクの数センチ前にかざした。

「アメリカーに泡を吹かせたり、政治を動かしたりできなくても、おれは、おれのまわりの大事な連中を死なせない英雄になりたかった。だけど、そんな望みを抱いてたから、おまえをつなぎとめておけなかったのかもな」

「七《ナナチ》……グスク大変だ、もう七《ナナチ》やがあ」

「おれは兄貴《ヤッチー》やあらん、おまえの相棒《グー》だったのに」

「だれがよう、いまさら相棒《グー》でもあらんが」

「おまえを死なせたくなかったのは、相棒《グー》がいなくなっちまうからだった。英雄の後釜はおまえでいいさ。だけどおれはその相棒《グー》として、次の十年も会えなくなるのはつまらん。だからこの目が黒いうちは、おまえを死なせんど」

「八《ヤーチ》……九《ククヌチ》……九《ククヌチ》……」

「死んだらならん、レイ」

「十《トゥー》」

感傷臭いおしゃべり《ジビタムン・ユンタク》をつづけたくなくて、M1ライフルの弾を掃射した。いまさらどの面さげて、相棒《グー》だなんて。

これまでおれがどれだけ、おまえに一緒に闘ってほしかったか――

座りこんだ地面で銃弾が躍って、跳び上がったグスクにつかみかかった。背嚢のひもの片方をつかんで、綱引きになりかけたその瞬間だった。頭上からまばゆい光線が差しつけて、ふたりそろって光の輪のなかにとらえられていた。

つづけざまに、投降を呼びかける声が降ってくる。

銃声で居場所がばれたのか、ヘリの一機に発見されていた。

力まかせに背嚢を奪い返して、ためらわずにレイは駆けだした。グスクもおなじ方向に走ってくる。

すぐそばの緑地に飛びこんでも、サーチライトはしつこく追ってくる。ついでにヘリが降下してくる。

グスクの髪を逆巻かせ、レイの頰を波打たせ、あたりの草が風圧で薙ぎたおされる。

頭上にその底部が見えた。耳をつんざく滞空音が大きくなる。

おまえのせいやさ、グスク！　こうなったらもう迷っていられない。ガスマスクをかぶり直したレイは、背嚢からとっておきの切り札を取りだした。

木々のひらけた草地にヘリは着陸した。武装した米兵たちをひきつれて、防弾チョッキを着こんだ金髪の白人が降りてきた。

「アーヴィン、あんたがどうして」

グスクがそこで口走った。こいつがおまえの飼い主かよ？　アーヴィンと呼ばれた白人がお国の言語でなにかを叫び、グスクがおなじ言語で答える。へえ、アメリカの下っ端も長いと英語がしゃべれるようになるのか、アーヴィンは激昂している。碧い瞳には異様な執念をたぎらせている。その様子からしてグスクも襲撃の一味と見なしているようだった。

「かまうことないさ。達者な英会話で早く教えてやらんね、この缶の中身がなんなのか、ＶＸガスの威力は知っているはずやさ」

レイがその名称を口にしただけで、米兵たちに動揺の波が走った。弾薬庫から化学中隊の人間がさらわれたんだもんな、あらたに合成される可能性も見越していたかもしれない。米軍や政府にとってそれは最悪の筋書きのはずだった。

「撃ちたきゃ撃てって言ってやれ。こっちは中身をぶちまけてやる。一斉射撃して容器の一ヵ所にでも穴が開いたら、漏れるガスでおまえらは確実に即死よ。なにしてるのさ、さっさと教えてやらんね！」

わななきながらグスクが伝えるなり、アメリカーは血相を変えた。あわててガスマスクをかぶるものもいたけれど、マスクは人数ぶんもない、そもそも防護服も着ていない。こっちから先制攻撃で使ってやるか？　数キロ四方を猛毒の領土にしてやろうか。もちろんその場合、防護服もマスクもない隣の男も巻き添えになるけれど――

グスクは退却を勧めているようだった。だけどアーヴィンは頭をふって、連れてきた米兵に後退を命じはしない。扇形にひろがったすべての銃口が自分に向いている。容器を開ける前におれの頭《チブル》を撃ちぬくつもりか、やってみれ。

グスクが叫んでいる。遠方からは暴動の叫びが聞こえている。

アメリカー、沖縄人《ウチナンチュ》、おなじ夜に居合わせた全員の命の火が燃焼する。

吹きぬけた強風で枝葉がしなり、肉眼では確認できない微生物も騒いでいる。

足元には、赤や紫のブーゲンビリアが咲いていた。離れたところに石が積まれている。

そのとき、レイはふと思ったのさ。

ここはどこよ？

野ざらしの緑地に、不思議な懐かしさをおぼえた。

一瞬、気が抜けた。その矢先に銃声が響きわたった。

撃たれたか？　レイは無事だった。グスクも被弾していない。

だれが撃った。あさっての方向から銃声は聞こえた。米兵のひとりが腿《もも》に血飛沫を散らしていた。木立の向こうから声が聞こえた。

「当たった、いぇっほぉ！」

すっとんきょうな叫びを上げたのが、だれかはすぐにわかった。木の陰でうごめく人影、ガスマスクとライフルを装備している。それらは胡屋のアジトにあったものだけど、駆けつけたのは襲撃の実行部隊の一員ではなかった。

おまえは来たらならん、おれはそう言ったやあらんね――

木の陰に隠れたのがだれかは、グスクも察しがついたようだった。

「おまえ、ウタまで巻きこんだのか」

「あの馬鹿《フラー》。襲撃の頭数には入れとらん」

「それでも、来てるやあらんね」

「ウタ、来たらならん。がきんちょ《ニーシェー》はすっこんどれ」

オッホッホッホッと興奮した猿のような奇声が聞こえた。射撃の体勢を保った米兵の半分が、乱入者のひそんだ木陰にハンターのように銃口を向けた。

「おーい兵隊さん、おいらの母ちゃん《アンマー》を知らんか、キヨを知らんかあ」

調子外れな叫びをつらねながらも、あきらかにウタはわれを忘れている。

「出たらならん、そこから出てきたらならんどっ！」

「おまえは残ってくれって言ったやあらんね、勝手についてきてえ！」

グスクにつづけてレイも叫んだ。おまえは残っておれたちのことを語り継げ、アジトであれだけ言い聞かせたのに。ウタは追ってきた。おなじ装備に身を固めて、あとから基地の金網を越えて、戦果アギヤーのひとりとなって——当てずっぽうでここまでは来られない、どうやって広い基地で迷わずに？　ヘリからの投光を目印にしてきたのか。暴動の火をそのまま運んできたようなウタの狂熱は、あきらかにアメリカーたちに向けられていた。

「だれも撃つな、撃ったらならん！」

いいいい、ここがどこだかわかった、ここはそういうところ、やあらん——グスクもわけのわからないことを叫んでいた。だれもが暴動の熱に浮かされている。まなざしは錯綜《さくそう》して、声という声が重なりあう。いまにも飛びだしてきそうなウタ、極限まで張りつめた米兵たち、アーヴィンが英語でまくしたてている。これが最果ての光景なのか、すべてが破局しかけたこの瞬間に、だれもが臆病な子ども《シカサン・ボーボー》のように身をすくめている。眩暈がレイを襲った、空間の密度がおかしい、頭数よりも視線の数が勝っているような気がした（島の祖霊たちに一部始終を傍観されているみたいだったよな、レイ？　おかしなことでもないさ、なにしろ場所が場所だから）。

　おれにはこれがある、だからおまえらは退がっとれ！　レイは高ぶりにまかせて雄叫びをつらねた。アメリカーが、日本人《ヤマトンチュ》が、この島でどんなに愚かなことをしてきたか、ふたつの国が奪っていった故郷《シマ》の宝がなんなのかを叫んだ。ここから返還の日までは、新しい時代を迎えるまでは、どれだけの人を愛せるかの勝負だ。この世を存続させてきた愛《ジョーエー》の正体を知るものがいるとしたら、それはおれたちだ。ここはまぎれもなく沖縄《ウチナー》の土地、戦果アギヤーが数えきれない愛《ジョーエー》を配ってきた土地だ。だからここでおれたちが全滅したって、戦果アギヤーは何度でもよみがえる。魂のなかの英雄が転生をくりかえす。アメリカーも日本人《ヤマトンチュ》もそのことをいずれ思い知るだろう。この島の人たちだけが正真正銘《マクトゥ》の英雄を知って、愛《ジョーエー》を与えるものになれるのさ。

　熱風の吹きわたる夜の基地に、アーヴィンや米兵たちの顔が、すべてのよそものの気配が消えていく。そうさ、ここにはおれたちしかいない。レイはとっさに自分のガスマスクを外して、グスクに無理やりかぶせてから、容器のふたに指をかけた。

キャンプ・カデナの片隅に、銃声が響きわたった。

だれかが叫んだ。

われこそは戦果アギヤーだ――

夜明けの世界は、奇妙なほどに静かで、無彩色だった。

前方には、暁の光に澄みわたる美ら海《ちゅらうみ》を望むことができた。燃えるかまどのような銅《あかがね》色の光が差して、熾った目を潤わせる。海には幾筋もの航跡のような金色の帯が伸びていた。

あなたたちが争いあうあいだに、あたしはこの島の秘密にふれたんだよ。ここまできてようやく、ようやく、探していた真実の一端をつかめたかもしれない。

たがいに顔をあわせて、交わしたい言葉が見つけられたのに。

それなのに、どうして――

夜明けの基地から飛びだしてきた男たちを、ヤマコは金網ぞいで出迎えた。

なりゆきにまかせてヤマコも、大急ぎで基地を離れるジープに飛び乗った。

暴徒のあふれるコザの市街をあとにして、アクセルが踏まれ、路地から路地を抜けて、東海岸が近づいたところで追っ手は見えなくなった。停まろうか、と同乗の男が訊いてきたけど、だれも返事をしない。返事ができなかった。アワセ浜の主要な港は避けて、大型のジープがあてどもなく海岸線を走りつづけた。

男たちはそろって、放心していた。

痺《しび》れたような沈黙の底には、喪失の痛みがよどんでいる。

狂おしい渇望の残滓《ざんし》が、荷台の板敷きをふやけさせている。

ヤマコは大きな箒《ほうき》で、それらをまとめて掃き出してしまいたかった。

それから口をきわめて罵りたかった。男たちを非難したかった。

無謀な真似だけでは足りずに、どうして大事なものを守りきれなかったの。

置いてきぼりにするのはいい。だけど全員で帰ってくるのが約束だったでしょう。

それがこのコザの、戦果アギヤーの約束だったでしょう。

だけど言葉が出てこなかった。どうにもならないほど無力だったのは、大事な命《ヌチ》を拾いきれなかったのはヤマコもおなじだったから。だれもが言葉を見つけられず、黙りこくって、難治の病を告げられたように永遠の痛みを予感していた。

「与那原《よなばる》に身を隠せるところがある。そこに向かうが、かまわんか？」

同乗している又吉世喜の言葉にも、ヤマコたちは答えられなかった。

「そこで遺体は、茶毘《だび》に付そう」

混乱の渦中から男たちを救出したのは、この又吉世喜たちだった。

もう何年も前に、私刑の場になった西原飛行場で、おなじようにレイに窮地を救ってもらったと又吉はみずから吐露していた。

基地を襲撃したレイとは連携していた。大筋でその計画にも同調していた。だけど土壇場になって、毒ガスを使うというレイと決裂したのだという。島民に被害が出ないように計算できる、というレイの言葉を信用しきれなかったんだって。

それでも道義を重んじる男は、暴動の夜にコザにやってきて、国吉さんやチバナと合流して事情を聞かされ、レイやウタを追いかけて車で基地に飛びこんだ。ごろつき《アシバー》たちは米兵と撃ちあいながら、ウタの足跡をたどって渦中に突入して、アーヴィン・マーシャルに迫られていた同胞《ウチナー》をみんな連れだす離れ《ホーカー》業をやってのけた。アーヴィンたちは追ってきたけど、基地の外なら地の利はこちらにあった。追跡をまいた車上には、グスクもいる、ウタもいる、レイもいる。後続の車にはチバナも国吉さんも乗りこんでいた。

グスクは黙っている。ウタも黙っている。レイも黙っている。

そろって出てこられたのに、全員の命《ヌチ》がそろっていなかったから。

たったひとりだけ、車上で横たわっていたから。

ヤマコの手は、その亡骸にふれている。

眠っているようなその顔の、頰っぺたに飛んだ血飛沫はいくら拭っても染みが抜けなかった。

大人とおなじ背丈のあったウタは、荷台で横たわるには膝を折らなくちゃならなかった。

三つどもえの睨みあいを破ったのは、ウタだった。アーヴィン・マーシャルに向けて発砲したという。即座に銃弾の雨あられを浴びて、ひとたまりもなかった。暴動の果てに眠りについたウタは、二度とその瞼を開かなくなっていた。

どうして、ウタが、どうして——

こんなことになって、どうやってレイを許すことができるだろう。

たとえ使い走りだとしても、こんな途方もない計画にウタを巻きこむなんて。

罵っても罵りたりない。責めなじっても責めなじりきれない。それでもヤマコはなにも言えなかった。この世界にまたひとり〝永遠の子ども〟が増えてしまった、ただその現実に打ちのめされていた。あとすこしでウタは、大人の仲間入りをするはずだったのに。

ウタとは話したいことがあった。だけどそれも二度とかなわなくなってしまった。

だとしても、やらなきゃならないことはあった。この子を弔うのなら——

顔をもたげたヤマコは、行きたいところがある、と又吉世喜に告げた。

「このまま海岸ぞいに、北に向かってもらえんかね」


こんなところにどうして？　といぶかしがるグスクとレイを連れて。

三人でかわるがわるウタをおぶって、朝の霧にかすんだ森の深部へと分け入った。

巨樹《ウフギー》のふもとの積み石は残っていた。米軍の演習もおこなわれていなかった。

肩をそろえた三人は、それぞれに視線をかわして、
無窮の闇がひろがる洞窟《ガマ》へと、踏みこんだ。

（おまえたち、やっときたんだなあ——）

そして三人が三人とも、この声を聞いている。

たどりついたその場所で、島の幻視がふきだまる領域で——

たがいに顔と顔をあわせて、それぞれが眩暈や幻視を振りはらおうとする（ここまできたらそんな必要もないさ。濡れた鍾乳石《しようにゆうせき》から落ちる水音や、外から見たよりも広がりがある空洞の反響のせいにしなくてもいい。胸に響いてくるこだまを疑うことはない。われら語り部《ユンター》はおまえたちをずっと待っていたんだから）。ヤマコにはわかった。洞内に散らばるぼろぼろの衣類の山が、空き缶やしなびた野菜の残骸がなんな

のか。変色した毛布類、鼻緒の切れた島草履がそこにあるわけをグスクにも推理できた。着古されたシャツや短パン、Ａサインの燐寸《マッチ》や遊技場のサイコロは、どれもレイがひとりの孤児にあげたものだった。

「施設に入る前、ウタはこの洞窟《ガマ》で寝起きしていたみたい」

ヤマコから聞かずとも、グスクもレイも察しがついているようだった。

最初にこの洞窟《ガマ》を知ったときの、ヤマコの直感は外れていた。

ここには、抗争《ソーロー》に使われる横流しの銃器も、配られる前の〝戦果〟も隠されていなかった。

「あの娘《こ》が、キヨが書いた〝おばけ〟っていうのは、洞窟のなかで亡くなった島民の亡霊のことなのかと思った。だけど……」

「どうしてウタが洞窟《ガマ》になんて」

「あいつは、戦後の生まれやさ」

「あいつはこんなところ、おれにも一度も教えなかったさ」

グスクもレイも茫然自失していた。ヤマコに導かれるかたちで三人は、濃密な歳月のなかで起こったことを語りあった。こんな夜明けだからこそ継げる言葉があるはずだった。三人そろってたどりつける場所があるはずだった（われら語り部《ユンター》もこの瞬間を待望してきたんだよ。いまこそそれぞれの人生で得たもので、それぞれの空白を埋めてほしい。三人ぶんの記憶に導かれる事実を、三人それぞれが知りたいはずさ)。

「ねえ、オンちゃんのことだけど」ヤマコが言葉を継いだ。ほんとうにひさしぶりにその名前を口にした。「あのときオンちゃんは基地から出たけど、密貿易団に捕えられて離島に連れていかれた、そうだったよね」

「どうして、兄貴《ヤッチー》の話になるのさ」

「ねえ、いいから。そうだったよね?」

「そうさ、悪石島よ。クブラの下働きをやらされて」レイが視線をもたげた。「アメリカーの手入れのときに、脱出しようとして……」

「手入れか、米民政府の……」グスクも口を開いた。「おれの知ってる諜報員もオンちゃんを追っていたのさ。そいつらは日本人《ヤマトンチュ》なのに〝象の檻〟を使えるらしくて、島でいちばんの通信傍受設備でつかんだ情報を積みあげて、離島から戻ったオンちゃんが島のどこかに潜伏していると信じていた」

「そんなわけあらん、噂を聞いてそう思いこんだのやあらんね」

「たしかにちょくちょく生存説は流れていたな」

「だって兄貴《ヤッチー》を騙《かた》ったのはおれやがあ」

「おまえか、やっぱりな! 結局はなにがしたかったのさ」

「兄貴《ヤッチー》の名前を使って、島のごろつき《アシバー》をたぶらかしたのよ」

「この野郎、非道《ハゴー》さよう。おかげでややこしくなったやあらんね」

「この島では、兄貴《ヤッチー》の威光は効くから。だけどちょっと待てよ」

「おまえがろくでもない計画を立てなかったら……」

「悪石島のやつらが、手入れのときに交渉《カキエー》したのは日本人《ヤマトゥ》だったって言ってたな」

「あいつらなら海の果てまで追いそうやさ。それはおれの知る日本人《ヤマトンチュ》とおなじやつかもな。もしかしたらその手入れも、逃がした男を捕えるために……」

「どうしてそこまでして、兄貴《ヤッチー》を？」

「忘れんぼう《ソーヌガー》、ジョーが言い遺したことがあったろ」

「憶えてるさ、この腑抜け面《ニーブヤー》。〝予定にない戦果〟だろ」

「だれが腑抜け《ニーブヤー》よ。おまえはちょっと黙っとれ、離島まで追跡してでも連中がこだわったのはそれやあらんね？　奪い返すか、証拠を湮滅《いんめつ》するために」

「かしまさんど、目脂垂らし《ミーラヤー》。おまえさえ邪魔しなければ……ジョーが言った〝戦果〟がなにかを突き止められなかったのも、おまえの落ち度《シタラク》やさ」

放っておくと罵りあいこきおろし《イーシエークルシエー》になるけれど（あいかわらず仲が良さそうで安心するけどね）、ふたりの言葉にふれたことでヤマコの疑念も輪郭をつかんでいた。ひそやかな胸の高鳴り《チム・ドンドン》が、脈打つような空間の鼓動と同期していくようだった。

「あたしにはそれが、なにかわかったかも」

グスクとレイが揺れるまなざしを向けてきた。二十年の歳月でも明かせなかった人生最大の謎《ムヌアカシエ》を、コザの神隠し《ムヌマイー》の顛末をいまなら解き崩せる——ヤマコは洞窟《ガマ》に眠っていた真実のかけらを、風葬の骨を拾うような心地ですくい集めていった。

一九五二年のそのころから、アメリカーは統治領で暴威をふるっていた。島じゅうに知れわたった嘉手納幼女殺人事件が起こる前から、米軍でも札つきの海兵隊が駐留するより前から、コザではわざわいの嵐《ウーカジマギー》が女子供を襲っていた。

すべてのアメリカーがそうだったわけではないけれど、たしかに一部の米兵たちは統治領での〝人間狩り〟を堪能していた。民家のなかにまで土足で踏みこんで（ときに単独で、ときに徒党を組んで）島民たちの平穏を荒らした。すぐ目の前で娘《ミーングワ》を殺されたお父さん《スー》がいた（数年後にわが子を追いかけて首を吊った）。幼い子をおぶったまま米兵にかどわかされたお母さん《アンマー》がいた（あとから母子ともども白骨死体で見つかった）。下校のさなかにジープにひっぱりこまれ、泣きながら帰ってきた女学生がいた。五人の米兵にトラックで連れ去られ（着いたさきの兵舎跡にはもっと大勢の米兵が待ちかまえていて）かわるがわる乱暴された女給がいた。男児《イキガングワ》も、生後九ヵ月の赤んぼう《アカングワ》も襲われた。わが子を守ろうとしてさとうきび畑《ウージ》にひきずりこまれ、強姦されながら銃底で殴り殺された主婦がいた（だれがどこでと挙げていったらきりがない。おなじような目に遭った島民は枚挙にいとまがなかった)。

すさまじいまでの劣情の嵐《ウーカジ》が、コザに深傷《ふかで》を残していった(それらの大半はいまも世間に知られていない)。島ぐるみの抗議に発展した嘉手納幼女殺人事件の以前までは、ほとんどの島民が泣き寝入りするしかないとあきらめていた。

そのなかには当然の帰結として、望まない子を身籠る女も少なくなくて。

彼女たちはうずくまり、金網の外で掌をあわせて、ノロの霊にすがった。

基地のなかのウタキに向かって、朝な夕な祈願《ウガン》を捧げた。

神さま《ウートートゥ》紫さま、どうか助けてください。

われらの魂を、救ってください。

ある精霊送り《ウークイ》の夜——

臨月《ウフワタ》のある娘が、基地の網のすぐ外に立っていた。

望まない妊娠でなければ、だれかの母親《アンマー》になるはずだった女さ。

彼女はまだ十七歳だった。

エイサーが大好きだった。濃い眉につぶらな瞳の、健康な娘だった。

彼女はそのとき思いつめていた。たったひとり金網を破って基地に入りこんで、一晩じゅう歩きつづけたすえに、紫さんのウタキにたどりついた。故郷の聖域に呼ばれて、紫さんの霊験にあやかってわが子を祝福したかった。ある種の復讐として基地の、なかで産もうという思いもあった（振り返ってみれば、捨てばち《アッパンガラー》になって前後の見境がつかなかった。産前《ナシメー》の熱に浮かされて正常な判断力をなくしていたんだよね）。

だけど身重の無理がたたった。あまりにも失血が多すぎて、基地の外に戻れなかった。米軍はおなじ日に起こった戦果アギヤーの強奪事件よりも、むしろこちらの事件の始末に血道を上げた（ウタキを管理していた島袋さんがヤマコにそう教えてくれたね）。基地に出入りする雇用員にも解雇をちらつかせて箝口令を敷き、島の新聞や警察にも知られないように諜報員も動いた。どうしてそこまで？　信憑性の高そうな噂としては、娘をはらませたのは米軍でも地位の高い人物だというものがあった。それこそ将校や高級官僚、民政長官（高等弁務官制になる前の米民政府の最高責任者）級《クラス》の――だからこそ特命のもとに秘密警察が動き、事実を明るみに出そうとした軍雇用員が暴行を受けたり、あくる日から姿が見えなくなるような事態が相次いだ。母の死とひきかえに基地で産み落とされた子も、秘密裏に処分されてしまったんだろうと嘆かれていた。

思い出されるのは、風にまぎれた嗚咽《ナチグイー》――

それは故郷の声《シマ・ヌ・アビー》だった。グスクもレイも、驚きで瞳や唇を震わせていた。

「あの日なんだな、あのとき、その妊婦《カサギンチュ》がそこにいたんだな」

「そうだと思う、不思議なめぐりあわせというしかないさ」

「おれにもわかった、おまえの言ってたことがわかったよ」グスクが瞳を充血させていた。「あそこには人の理解を超えたものがある――二十年後のいまでも、たしかに残ってたのさ。おれたちが今夜、基地のなかでたどりついたのもあの場所だった。花が咲いて、石が積まれて、この世のものじゃない風が吹いてくるような」

「大事《デージ》やあ、あそこがそうなのか」レイも目を見開いていた。「あの夜、あそこに兄貴《ヤッチー》もたどりついたってことか」

「うん、そうだと思う。たぶんあんたたちのあとを追いかけて」

「基地のなかで出産なんて、じゃあ予定にない戦果ってのは」

「たぶん、そのときに、その場所で」

「産まれた赤ちゃん《ボーボー》?」

あきさみよう!

基地のウタキで産まれた新生児《アカングワ》。

孤児たちならこう呼ぶだろう、〝基地の子〟と――

「放っておいたら、その場で死ぬかもしれんから」ヤマコは声をうわずらせた。

「へその緒を切って、抱きかかえて走ったのか」グスクはまばたきを忘れている。

「兄貴《ヤッチー》は、赤ちゃん《ボーボー》を抱えて基地を出たわけか」レイがおなじことを言った。

「だってオンちゃんだもの、オンちゃんだもの！」ヤマコはほとんど叫んでいた。

「ずっとわからなかったやあらんね、オンちゃんがどうやって基地を出たのか。そっちもその赤ちゃん《ボーボー》が解決してくれるんじゃないかね」

「そういうことか、アメリカーだって悪いやつ《ヤナムン》ばかりやあらん」グスクが言葉を継いだ。「土地の娘をはらませる人でなし《シタネームン》もいれば、わが子を国に残してきた家庭人もいたはずやさ。戦果アギヤーが相手でも、おぎゃあおぎゃあ《ンガーンガー》泣きわめく赤んぼう《アカングヮ》を抱えとったら、ライフルをかまえきれない米兵はいたはずやさ」

　衛兵に手引きされたか、車に乗せてもらったのか、もしかしたら堂々とゲートを通過したんじゃないかとグスクは言った。あるいはその過程のどこかで、内側に毛布を敷きつめた寝床も用意したのかもしれない。脱出のすぐあとに目撃した辺土名は、第一ゲートのほうから木箱を抱えて走ってきたと証言した。最警戒のゲート近辺をそもそも手負いで強行突破できるはずがない。第一ゲートから西に走って北谷《ちゃたん》に折れたさきには大きな病院もあった。

「この洞窟《ガマ》、まだ奥があるさ」

　空間のひろがりを最初に嗅ぎつけたのは、レイだった。

　三人はそろって奥の枝道に入った。

洞窟《ガマ》の最深部には、朽ちはてた寝床の跡があった。

木彫りの位牌《イーフェー》があった。拙いながらもかたちを整えた労作だった。

変色しきった毛布に包まれているものがあった。それは硬くて、とてもひそやかだった。

聞こえるのは三人の呼吸の音だけだった。ある予感、ある感覚が三人の心臓を打っていた。

すべての想像はここにいたって、たったひとつの現実へと逢着する。グスクの、レイの、ヤマコのなかにとめどなくなだれこんでくるものがあった(三人ともそのころにはあらがわずに受け容れようとしていたよな。やっとたどりついた場所に、自分たちのまわりに満ちているものの正体を、三人の島育ちの本能が嗅ぎつけていたのさ)。熱い蒸気を放つ幻想《アチコーコー・イーミ》が、島の鼓動《ウーシエークルシエー》が、知られざる物語のこだまが濃密な渦を巻いて、三人の皮膚の内と外で押しあいへしあいする。祖霊たちが騒ぎだし、血と骨に歌が響きわたって、捜しつづけた男の軌跡がひとすじの奔流《ハイカー》となってつながっていく。

枝道の行き止まりには、ひとりの人間の骨が安置されていた。

頭蓋骨があった。胸骨があった。あばら骨が、腰骨が、手足の骨が、そっくりひとりぶんの遺骸がそろっていた(ああそうさ、ここが世界の涯だった——)。

そこにはめくるめく時間の連環が、奥行きがあった。三人の世界にふたたび現われた人物がいた。

三人の瞳には火が宿っている。どこまでも高温の鼓動が高鳴っている。

頭蓋骨が、雄弁に語りだすような感覚があった。

オンちゃんの軌跡をいまならたどれる。

親友《イイドウシ》のとめどない勇躍を、恋人《ウムヤー》のはてしなき遍歴を、待ちわびていた兄貴《ヤッチー》の帰還を——

おれの兄貴《ヤッチー》は、クブラの密貿易を手伝っていたとレイが語った。一緒に連れていかれた〝基地の子〟を人身売買に供させない交換条件だったんだな。離島で世話をした娘は聾唖者《ろうあしや》だった（と、又吉が教えてくれた）。大陸の闇市場で聞きつけたところでは、クブラはかならず使役するものの舌根《シバ》を切断していた。おれの兄貴《ヤッチー》は、兄貴《ヤッチー》は舌《シバ》をつめられていた！

オンちゃんだけなら逃げることもできたはずやさ、とグスクが語った。危険を冒せなかったのは〝基地の子〟がいたからだ。それでも米民政府（と、日本人《ヤマトンチユ》たち）の船団が現われたときに一か八か勝負を賭けた。混乱《ヤマチリグトウ》に乗じて離岸しようとしたけど、命知らずのクブラが応戦したことでロケット弾を撃ちこまれた。

だけど海の藻屑にはならなかった、とヤマコが言った。聾唖の娘がかばったんだなとレイが言った。オンちゃんは潮流に乗って海を泳いだとグスクが言った。トカラは島嶼《とうしょ》群だもんなとレイが言った。身をひそめられる無人島もある。兄貴《ヤッチー》なら筏《いかだ》だってこしらえるさ。点々とつらなる諸島《ユクイルクル》を渡りつぎながら南下して、潮目を読み、星に導かれて、時間をかけて〝基地の子〟とともに故郷の島に漕ぎつけたのさ。

追っ手はあきらめてなかった。米民政府の諜報員が〝基地の子〟を奪おうとしていた（醜聞《スキャンダル》を揉み消すのも仕事だと当人が言っていたもんな）。オンちゃんは警戒して、漁船の灯にも見つからないように島に上陸した。それでも船舶の通信が、偵察衛星がいくつかの証拠を残す。日本人《ヤマトンチュ》たちの〝島内潜伏説〟は正鵠《せいこく》を射ていたのさ。だけど見てみろよ、この洞窟《ガマ》にある遺骨を――左右の大腿《だいたい》骨が何ヵ所も銃弾で傷ついている。一斉摘発のときの乱戦で銃創を負って、数百キロの渡海の無理がたたって足は使いものにならなくなった。流れ着いた浜を上がって、この洞窟《ガマ》に身を隠すことはできたけど、満身創痍のオンちゃんはそこで身動きがとれなくなった。〝基地の子〟は三歳だ。言葉も知らず、助けを呼びにもいけなかった。

みすぼらしい浮浪児《ムヌクーヤー》と煙たがられて、食料を盗んでくるので精一杯だったのさ。地元の街までは戻りきれず、オンちゃんは森の洞窟《ガマ》で永眠《ミークーテイー》した。

ああ、そこからは〝基地の子〟の物語になるんだな――

しばらくはオンちゃんの遺骨を守るように、この洞窟《ガマ》で生きのびたのねとヤマコがつづけた。五、六歳になったころにはキャンプ・カデナの周辺にも遠出するようになって。たったひとりで生まれた土地に戻ってきて（ただの奇遇じゃないさ、そこがいちばん飢えないでいられたから。最大の米軍基地や特飲街から出されるごみや残飯にありつけたから）、ずっと路地裏ではのけもの《グーハジラー》にされて、それでもだれかとつながろうとして、あたしら三人とも知りあって。だけどこの洞窟《ガマ》のことを、遺骨のことを話さなかったのはどうして？

　おれたちが捜していた男と、自分をこの島に導いた男がつながってなかったのもあるだろうけど、ちょうどあいつが来たころに島を騒がせた女給の殺人事件を憶えてるか？　あいつはあの事件（そう、頭蓋骨蒐集家《フニ・ジョーグー》の事件さ）におびえきっていた。おさなくて無垢な心は、この島では洞窟の骨は持ち去られてしまうものと信じきっていたんだな。

　たったいま、三人の目の前にあるのは英雄の遺骨と、洞窟《ガマ》の床に横たわった少年の遺骸だった。

　ヤマコは、冷たくなったばかりの少年と、再会した恋人《ウムヤー》の骨とをかき抱いた。

　熱くほとばしる瞳の火が、ヤマコの頬をつたった。

「ごめん、ごめんね」

いまとなってはこのふたつの亡骸が、どのような経緯をたどって並んでいるのかを確認する手立てはない。それでも三人が三人とも、奔放な時の流転《るてん》に置いていかれた自分の魂がようやくこの時間に追いついてきたような感触を抱いていた。有為転変の幻想がここにいたって現実と一致を果たした。グスクもヤマコもレイもたがいに認めていた。ここでたがいの言葉でつないだひとすじの物語こそが、たったひとつの事実なのだと。

「オンちゃんは、帰ってきてたんだなあ」グスクが嗄れた声でつぶやいた。

親友《イイドウシ》の遺骨よりも、むしろウタの遺体に震える視線を注いでいた。

ヤマコはヤマコで、熱い滴を止められなかった。

「おれたちは、オンちゃんの〝戦果〟を、こいつを……」

「オンちゃんが、人生とひきかえに島に還した命だったのに」

「あの年の生まれなら、返還のときは二十歳になっていたのか」

「大人にもしてあげられなかった。あたしらは……」

生まれたばかりの子が成人するほどの歳月を費やして、とうとうたどりついた真実なのに――あたかも故郷《シマ》がたどった運命をなぞっているかのようだった。コザの英雄を二度も喪《うしな》ったようなものだった。ひざまずいた三人のあいだでは、あとからあとから落ちてくる熱い滴を、ウタの冷たい顔が浴びていて――

「ウタはなにが、許せなかったんだろうな」

おれたちはなにもわかってなかった、そうつぶやくとグスクは洞窟《ガマ》を出ていった。どのぐらいその場で打ちひしがれていたか、しばらくしてようやくヤマコも立ち上がったところで、

「おれは、おまえに、おまえに償うために……」

呼び止めるように、レイが嗄れた声をこぼした。

そのさきをつづけようとして、つづけられずに言葉ごと顔を伏せた。

罪滅ぼしのために、ガスマスクをつけて基地を襲ったの？　そんな謝罪を受け入れられるわけがない。だけどレイだけを責められないのはわかっていた。

「出ないわけ、レイ」

ヤマコがそう言っても、レイは立ち上がらない。おれはこの洞窟《ガマ》で一生を過ごすと言いだしそうな腰の据わりかただった。

「出ないなら、それでもいいけどさ。だけど呼ばれないでよ、悪さ《ヤナワチヤク》を悔やんで舌を嚙みちぎらんでよ。あんたまでいなくなったらオンちゃんもウタも報われない。オンちゃんが救ったウタが、今夜のあんたを救ったんでしょう」

だからあたしも、報いを与えようとは思わない。血と骨に染みこんだ怒りも、魂を何度も焼かれるような痛みの記憶も、独りで墓の下まで持っていこうと決めた。よろ

めきながら洞窟《ガマ》を這いだすと、肌寒い森を陽光が照らしていて、わざわざ車から迎えにきてくれた又吉やチバナ、国吉さんと向きあったグスクが、落ち葉の上に座りこんでいた。

「オンちゃんがいたんだよ、オンちゃんが帰ってきていたよ」

木漏れ日のまだらな模様を眺めていたグスクが、静かにつぶやいた。

たしかに骨になっちゃってたけどさ、と独りごちるのが聞こえた。

約束は約束やさあ、だからいいよな？

そうしておもむろに立ち上がり、指をそろえた両手を頭の上にかざした。親友《イイドウシ》との離別も、救われた命を救いきれなかった失意も無力感も、それでもめぐってくる朝の無常観も、暴動の火照りも、故郷《シマ》への弔いの感情も、なにもかもをかき混ぜてグスクが踊りだす。

かりゆしぬ遊《あし》び　打ち晴りてからや
夜《ゆ》ぬ明きて　太陽《ていだ》ぬさ　上がるまでぃん
夜《ゆ》ぬ明きて　太陽《ていだ》や　上がらわんゆたさ
巳午時《みんまどぢ》までんさ　御祝《うゆえ》さびら

面影《うむかじ》の立てぃば　宿に居《う》らりらぬ
でぃちゃよ　うし連《ち》りてぃ　遊《あし》でぃ忘《わし》ら

遊《あし》ばちん美《ちゅ》らさ　踊《うどう》らちん美《ちゅ》らさ
うりなえる親《うや》や　ゆくに美《ちゅ》らさ
けもりさんてまん　我が舞《もう》らねうちゅみ
さらばとん立ちゃい　けえ舞《もう》て　見しら

わだかまる混沌を混沌のままに、無常を無常のままに起《た》ち上げて、手舞いにも足舞いにも、腰にもかかとにも、グスクの腹からの号哭《アビー》がこめられている。煙るような暁の光のなかで、濃密な酸素を吐きだす木々のはざまで、大地と空を息づかせる運動体となり、たえずその身の輪郭を変化させ、（ユーイヤナー・イーヤサッサッ）、蜃気楼のように風景を足元からかすませ、幾重もの豊かな残像で揺らす。（ハーイヤー・イーヤァサッサッ）、又吉やチバナ、国吉さんが忘我のまなざしで見入っている。ヤマコの胸裏もわなないていた。振り返るとレイも顔を出していた。ウタを抱きかかえている。出てきたんだねとヤマコが言うと、だってあいつが踊っとるんだからとレイは答えた。もう何年ぶりよ、あいつの踊りを見逃すわけにいかないさ。

「おれたちがこの目で見てやらんとな、命《ヌチ》びろいの宴会《ヌ・スージ》でのあいつの踊りは、ずっと兄貴《ヤッチー》の大好物だったからさあ」

これまでに禁じていたぶんだけ、伴奏もなしで喉をふるって、何曲も何曲もたてつづけに踊った。(ハーイヤー・テントゥルン・テンシトゥン)、風のひだにグスクの髪がからみつき、手舞い足舞いが大地を脈打たせる。(テントゥルン・テンシトゥトゥン)、十二月の夜明けは冷えこんでいたけど、グスクは汗のとりこになっている。豊饒なカチャーシーを見物するために、森の動物たちも、島の祖霊たちも集まってくるようだった。

(ほんとうにおまえの唄と踊りは絶品だよなあ)

グスクは地軸になっている。故郷《シマ》を息づかせ、地球を回転させている。たおやかに旋回し、跳躍して、無限の領域へとその身を躍動させる。

そしてヤマコとレイは、ウタのそばをもう離れない。

十八　遺す言葉

おいらはどこから来て、どこに行くんだろう。
海の上で揺られながら、ずっとそればかりを思っていたんだよ。

三十六方位に涯のない世界で、乳白色のもやがかかった原初の記憶のなかで、
産声を上げて数年の魂は、ゆりかごのようなそんな疑問に包まれていたんだよな。
うん、そうなのさ。それだけおぼえてる。
自分がなんなのかも、まだわかってなくて。
ずっとそのことをくりかえし、くりかえし考えていたんだよ。
たったいまも、おんなじさ——

われらの声は届いているだろうか？　生々流転《せいせいるてん》する沖縄《シマ》の叙事詩は、英雄の転生とともに最果ての風景にたどりつき、歳月に隠された島の真実を明かした。この世界に

後日談なんてものは存在しないけど、あの暴動の顛末や、返還のすったもんだ《ウームサゲーイ》にはふれておかなくちゃならない。だからつづけよう、われらは風の塵となり、時間を往き来して——

無名の夜が〝コザ暴動〟と称されるのは、事件の発生から数日がすぎたころだった。

あくる朝の五時ごろには、ベトナムでも使用された催涙ガス弾が投入されて、拡声器つきの宣伝車でくりだした琉警の警官たちも〝お家《うち》に帰りましょう〟と説得にあたって、コザの市街を覆いつくした暴徒は、潮が引けるように消えていった。島の歴史を振り返っても、列島の戦後史をひっくるめても類を見ない暴動は、一夜のまぼろし《チュユル・ヌ・イーミ》のように幕を下ろしていた。

燃やされたアメリカの車が残され、憲兵《MP》や米兵からも重軽傷者が出ていたけど、このコザ暴動は始めから終わりまで不思議な秩序につらぬかれていた。あたかも蜂起しただれもが、範とするべき英雄の在り様を知っていたように——黄ナンバーの車は沿道の家やビルに延焼しないように車道の中央で燃やされていたし、島民同士が争いあうこともなく、混乱につきものの火事場泥棒《クワジ・ヌスル》も現われなかった。雄々しい火を背負ったコザの人たちは、憤りの矛先をまっすぐにアメリカへと、キャンプ・カデナへと向けていたのさ。

暴動の余燼《よじん》も冷めない年の暮れ、コザではひとりの島民の葬儀がもよおされた。ある遺骨とともに火葬され、遺灰は風にまかれた。

グスクもヤマコも別れの儀式《ウークイ》に参列したけれど、あいかわらずレイは来なかった。施設の子どもたち、職員たち、ごろつき《アシバー》や不良仲間、女給たち。たくさんの島民が集まってきてウタとの別れを惜しんだ。泣き腫らした弥勒《ミルク》さまのようなヤマコは、引っぱってでも連れてくるんだったとレイのことばかりを気にしていた。

あれからレイは、森の洞窟《ガマ》でしばらく寝起きしていたけど、数日後にグスクが見にいったときには行方をくらませていた。暴動に乗じてばらまこうとしたＶＸガスは残らず回収され、胡屋や本土《ヤマトゥ》のアジトも暴かれて、琉球警察によって指名手配をかけられた。気を揉まされっぱなしのグスクにヤマコは言ったものさ。だけどレイが手配されるなら、うちらだってされなきゃならないんじゃないのかね？

一九七二年の本土返還までの年月は、グスクにとってもヤマコにとっても、まばたきする間にすぎていった。

アメリカと日本《ヤマトゥ》との調印式典に前後するかたちで、弾薬庫地区からの毒ガス移送計画が実行されて、数回にわたって千三百台のトレーラーが街頭を走りぬけた。移送路の周辺ではもちろん反対運動が起こって、移送の日になるたびに住民たちは自主避難、地域の学校は休みになって、トレーラーが走る沿道には厄払いの塩が置かれた。

「基地の使用を認めたかたちでの返還はまやかしではないか。母なる沖縄《ウチナー》の大地はこの島を戦場にするな、平和の島にして返せと叫んでいる。島民たちの切なる願いに、あなたは一国の首相として責任を果たせるのか」

政治家たちも闘いつづけた。亀さんもっと言ってやれ！　戦後初の国政選挙で晴れて国会議員となった瀬長亀次郎は佐藤首相をまっこうから追及し、屋良朝苗主席も〝即時無条件かつ全面返還〟の建議書をたずさえて首都に乗りこみ、島民の願いにそっぽを向いた返還の強行採決をかたくなに阻もうとした。

グスクのまわりではいろんなことが変わっていった。なんといってもいちばんの変化は、米民政府との関係がすっぱり切れたことだよな。あれからアーヴィン・マーシャルとの再会は果たされなかった。基地を襲った一味を壊滅させたのを最後に、アーヴィンは返還の日を待たずに転属命令を受けて本国に帰還した。

あの夜、射殺を止めなかった男を許せる日は来ない。来るわけないさ。

だけどアメリカーの〝友人《ライカム》〟とは、もっと交わせる言葉があったんじゃないか。

グスクは胸を焦がされた。軍司令部には近寄ることもなくなって、特命捜査の日々もまぼろしのように遠ざかっていった。

アーヴィン付きの小松も任を解かれて、老いた母親とともに故郷の東北にひっこんだらしい。もうひとりのダニー岸は？　その消息は聞こえてこなかった。いまもこの島で諜報活動にあたっているのか、もしかしたら暴動の夜に黄ナンバーの車ごと蒸し焼きにされて、本物の煙になったのかもしれないね。

チバナからは披露宴の招待状が届いた。今度こそ堅気の男をつかまえたらしい。新婿《ミームーク》はアメリカ風の遊興施設《テーマパーク》の建設を予定する事業主で、チバナは玉の輿《こし》に乗ったわけだけど、すぐに倒産や自宅の火事があいついで、裸一貫で出直しとなかなか大変そうだった。かたやコザ派との大同団結を果たした又吉世喜は、本土《ヤマトゥ》勢力にあらがう〝沖縄《ウチナー》ヤクザ大連合〟の領袖となったが、数年後に愛犬のトレーニング中に鉄砲玉に襲われて死亡した。その晩年に〝幸運《カフー》の運び手〟と又吉が呼んだ男の影はなかったといわれている。

地元に戻ってきたグスクは、諸見百軒《もろみひやっけん》通りの裏手に家を買った。勲章をもらえるぐらいの夫婦《ミートゥンバーオーエー》の戦争をいくたびも乗り越えて、妻の隣で眠るときは悪夢にもうなされなくなった。特飲街が近いのはこの子たちの教育によくないさ、と二人目を宿したサチコはぼやいていたけど、グスクはそれほど心配していない。

浮気調査や猫捜しのほかにも、たまには大きな事件の依頼もあって、琉警を定年退職した徳尚さんを調査の助っ人に、国吉さんには経理や事務を手伝ってもらった。返還まわりのトラブル・人捜し・事件捜査はグスク探偵社におまかせあれ。当方、地元の危機をたびたび救った名探偵でございい、みなさんいらっしゃい《メンソーレー》！

実際、返還の前後はとんでもなく忙しかったので、あいかわらずコザにいない男を捜す時間はなかった。ごくまれに予定に空きができて、夫婦の仲も危機にさらされていないときにしか捜さない。あとはそう、どうしても相棒《グー》としゃべりたくなったときにしか。

「おまえが英雄だとか言っちゃったんだよ、あれを撤回するのを忘れていてさぁ」

だから捜しているんだと、そのころのグスクはよく言ったものだった。

徳尚さんや国吉さんに呆れられながら、事務所の窓の外を眺めて、

「だっておれたちのそばに、ずっと本物はいたんだから」

なあそうだろ？　いまもいるんだろ――


だれかがこの世を去るたびに、子どもたちに先立たれるたびに色彩や明度を失っていく世界で、ヤマコはすくまずにいられる処方箋を探しつづけた。ずっとそういうものを探してきて、働きもの《アガチャー》でいることを選択して、胸の痛みで息苦しくなるときや独りきりの夜には、ちいさな笑顔と過ごすことですこしだけ慰められる。

「そこに、いるんでしょう？　わかってるんだから」

返還のそのときが来たら、復帰協や教職員会は辞めて、教職と施設関連のボランテ

ィアに集中するつもりだった。行政主席の秘書官にならないか、市議選に出馬してみないか、と思ってもみない誘いも舞いこんだけど、教壇には立ちつづけていたかったので断わった。

だけどもちろん、先々のことはヤマコにもわからない。本土研修にも足を運びたいし、ずっと独り身《ルーチユイムン》でいると決めたわけでもなかったしね。


最後に電話で話した又吉は、レイにこんなことを言った。

「おまえはどこにいても、かならず闘争や蜂起に向かう。どこにだって抑圧や支配はあるからな。おまえには兄貴《ヤッチー》の魂が息づいているから」

このところは過去の出来事《サチユヌー》が、たったいま目の前で起きていることのように感じられる。祖霊か魔物《マジムン》に見られているみたいやさとレイは吐露した。色事を断《た》って、島の戦跡をめぐった。離島に渡って漁師《イユトウヤー》もやったけど、琉警の手が伸びてきたので逃げていた。

故郷《シマ》ではもうやらんとしても、本土《ヤマトウ》あたりではどうかね？　焚きつけるように又吉は言ったけど、放浪していても故郷を遠く離れるつもりはなかった。

「おれは生まれ変わるのさ、努力してるのよ。返還のついでにおれも生まれ変わる」

えんえんとやらかしていてもきりがないさ。原罪とおなじで出口がない。

電話ごしに笑っている又吉に、最後にレイはこう言った。

「だけどまあ、返還のあとでなにも変わらんようなら」

考えないでもないかな。だけどまた世間をあおるには毒ガスなみの脅威を、それ以上の本物を見つけなきゃならないさ。


このときのレイの予言は当たっていた。

変わらなかったのは、本土返還のあとの沖縄《ウチナー》だった。

一九七二年のその日を迎えて、琉球警察は沖縄県警に看板をつけかえて、通貨はドルから円になり、本土《ヤマトウ》に渡るのにも旅券《パスポート》はいらなくなった。だけどそれがなんだっていうんだろう、アメリカ世《ゆ》からヤマト世《ゆ》になったところで巨大な基地のある暮らしはなにも変わらない。そのくせ運動の気運は下火になって、ありったけの情熱をたぎらせた民族闘争の隆盛は遠ざかっていった。本土復帰のあとにも、島民たちは夢に見たものだった。復帰前のあの団結を取り戻せるんじゃないかと。亀さんが首相になる日が来るんじゃないかと。かつてのような強い宿願《ウガン》がこの島をまたひとつにしてくれるんじゃないかと。だけどそれはまどろみのなかの夢でしかなくて、起きたときに頬が濡れていることに気がつかされるのさ。

われら沖縄人《ウチナンチュ》は、故郷がなくした魂を探しつづけてきて、それを望ましいかたちでつかめなかったことを悔やんでいた。とりわけ後悔や自責にとらわれたグスクやレイやヤマコには、かつての親密な交流が戻ってくることはなく、狭い島のなかでおなじ地元にいても、三人がそろって顔をあわせることはめったになかった。

だけどふとしたときに出くわすことはあって、共通の友の葬儀や宴会《スージ》の席で、エイサー見物をしていて、子連れのグスクがヤマコとはちあわせたり、夕暮れの浜にたたずむレイをヤマコが見つけたりした。三人が三人とも、たがいに会える時間を心待ちにしているふしもある。グスクとヤマコの胸を焦がした感情も静かな追慕へと変化していて、地元で会うたびにヤマコは、グスクの息子の頭を撫ぜてやった。

「あひゃあ、リュウちゃん！　また大きくなったねえ」

グスクもヤマコも自分の話はほとんどしない。たがいの関係があるころにまで戻るような、つかのまの夢想を抱く日があることもふたりとも胸にしまって、偶然の出会いを喜び、笑いあう。そういう関係もそんなに悪いものじゃないさ。ふたりはたいてい子どもたちの話をする。生徒たちのこと、リュウやその弟《ウットウ》のこと。それからウタの話もする。

「あのとき二度目にたどりついたのは、ほんとうにウタキだったのかね」グスクはあるときそんなことをつぶやいた。「最近はまた自信がなくなってきたよ。軍雇用員の手も入らなくなったら、さすがに消滅しちゃうのかね」

「あの子が、自分のことを〝ウタ〟って名乗ったのは」

「ああ、オンちゃんがしゃべれるうちにしゃべってたのかもな」

「おまえはそこで産まれたんだってね。それを憶えてたのかね」

「あいつだったんだろ、例の手紙」

「うん、そうみたい」

「隠しごとばっかりだったって、レイも言ってたもんな」

「戦果を配るのを手伝いながら、こっそり添えてたんだね」

おさない日々の流浪《るろう》をともにしたあの人がオンちゃんなんだと察してからも、洞窟《ガマ》の遺骨のことをウタは言いだせなかった。うかつに話したら、三人の運命がもっとばらばらになるんじゃないかと危ぶんで、あれこれと模索をしていたらしいんだな。

「ちゃー三人《ナーハイバイ》が一緒ならこの沖縄《シマ》はだいじょうぶ、ずっと安泰だって、いっちょまえにそんなことも言ってたらしい。つくづく不思議なやつだね、オンちゃんに頼まれたわけでもないだろうに、遺志でも継ぐみたいに」

グスクやレイが、ヤマコが疎遠になっていることを、ずっとウタはもどかしがっていた。思春期にはその絆を自分が取り戻すというおかしな情熱を燃やして、親しいごろつき《アシバー》や女給たちに相談も持ちかけていた。オンちゃんは過去の人だという話になって、この島が大変な時期になにかしてくれなくちゃ英雄とは呼べない、と吐き捨てた相手に食ってかかったこともあったという。

別の日にはレイがヤマコに語りかけた。「オンちゃんは英雄だって、とびっきりの戦果アギヤーだったってウタは言ってたらしい」

「よくわかってたんだよね、ウタ、戦果アギヤーがどういうものか」

「そりゃそうさ。自分でも書いてたもんな」

手紙はもう一通あった。グスクやヤマコに書いて、レイに書かないのは平等じゃないもんな。だけど照れくさくなったか、渡すに渡せなかったのか、レイがそれを受けとったのは手紙を預かっていた同胞が出所したあとのこと。返還からしばらくたったころだった。

路地裏で言葉を教わったウタは、素直な思いを、端正な文字で綴っていた。

レイはそれを、グスクにも、ヤマコにも見せにきた。

おいらはどこから来て、どこに行くんだろう。

ずっとそればかりを考えていた、とウタは書いていた。

オンちゃんを騙らずに、ウタがみずからの言葉で書いた手紙だった。

たくさんの思い出にふれられていた。オンちゃんの最後の呼吸《チビ・ヌ・イーチ》がどんなものだったか、コザに這いだしてきてからの空腹や孤独がどんなものだったかをウタは書いていた。だけど恨みや嘆きや憂さのたぐいは見つからなくて、かわりにそこには〝あきさ、、、、みよう！〟と島の感嘆詞が連発されていた。海や砂浜に黄昏の色が染みこんでくる時間、あきさみよう！　三線をかき鳴らす宴会《スージ》の楽しさ、魂まで踊りだすカチャーシー、あきさみよう！　島の人たちがさらっとこしらえるごちそう《ヌチグスイ》、想いが旋律になる島の言葉、路地裏の読み聞かせ、海の向こうまではばたきたがる想像力のうごめき、あきさみよう！　あきさみよう！　柔らかな雨の予感、連帯《ユイマール》の頼もしさ、台風《ウーカジ》にそなえる季節の浮かれ心地、なにかがはじまりそうな夜の熱気、島ぐるみで団結したときのデモの情熱、その神がかった荒々しさ、炊きだしで食べる中身汁のおいしさ。キヨの手にふれるときの胸の高鳴り《チム・ドンドン》、キヨとの毎日の歯磨き。キヨの部屋に入るときに顔に当たるすだれの感触、あきさみよう！　あきさみよう！　あきさみよう！　震えるような喜びと驚きをくれるこの島のすべてのものは、あきさみよう！　どれもこの島に連れてきてもらえなかったら出逢うことのできないものだった。こっちにこられてよかったなあとウタは書いていた。だって想像もつかなかったよ、こんなにすばしいものばっかりの島があるなんて！

　たったひとつのことをウタは書いていた。そのすべてがオンちゃんのくれた〝戦果〟なんだということを。その豊かさに、たくさんの宝物《ムムガフー》に、じっとしていられずに雀躍《トウンジャーモーヤー》りするようなあふれんばかりの驚喜《チムフジュン》が叫ばれていた。グスクもレイもヤマコもその手紙をなんべんも読みかえした。ほんとうはずっと自分たちのまわりにいた親友《イイドウシ》が、兄貴《ヤッチー》が、恋人《ウムヤー》が、掛け値なしにとびきりの〝戦果アギヤー〟だった証となるその手紙を――

「おまえもそこにいるのか、ウタ？」

ああそうさ、おいらもここで地霊《ユンター》となって、語り部《シマ・ヌ・アビー》のひとりになっている（どんなふうに？）（ほら、こんなふうに）（ここでちゃっさんの命と結びつきながら呼吸をして）（ときどき舞い上がって瓦屋根の上で宙返りしたり、基地を見下ろしながら海に滑降したり）（キヨとも会えたよ）（タイラさんもいるね）（顔も知らない母ちゃん《アンマー》とも）（それからオンちゃん《スー》とも会えた）（会えたなあ）（これからどうなるの？）（われら沖縄人《ウチナンチュ》はじきに嘆きや絶望にも飽きて）（希望を口にしはじめる）（そのときまでこうして語りつづけるのさ）。

おいらたちは、どこに行くんだろう。

どこから来て、どこに向かうんだろう。

この世のニライカナイを見つけるのか、元いた場所に戻るのか。

砂浜を飛びたった鳥が、水平線に近づくほどに澄んだ青みを増す大海原を飛んでいく。なにもない空を自由に、雄々しく滑空する。すべての先祖《ムートウ》たちに、故郷にいまも生きる末裔《ユラフワ》たちにこの声が届くのならば、たえず生まれては移ろい変わる物語は未来に継がれて、そこにまた、あらたな命がもたらされるだろう。

ウタたちは美しく大切な、永遠に消えない秘密となって。

雄渾《ゆうこん》の海に抱かれた、島の叙事詩を語りつづける。

青い水平線の向こうに、いつかはだれもが行くだろう。

あとから来るすべての親兄弟《ウヤチヨーデー》とともに、後世の戦果アギヤーとともに。

だけどそれまでも土地の鼓動《シマ・ヌ・アビー》は打ちつづけなくちゃならないさ。だからまた始めよう、そろそろほんとうに生きるときがきた——

この作品は二〇一八年六月に小社より単行本として刊行されました。

|著者| 真藤順丈　1977年東京都生まれ。2008年『地図男』で、第3回ダ・ヴィンチ文学賞大賞を受賞しデビュー。同年『庵堂三兄弟の聖職』で第15回日本ホラー小説大賞、『東京ヴァンパイア・ファイナンス』で第15回電撃小説大賞銀賞、『RANK』で第3回ポプラ社小説大賞特別賞をそれぞれ受賞。2018年に刊行した『宝島』(本作)で第9回山田風太郎賞、第160回直木三十五賞、第5回沖縄書店大賞を受賞。著書に『畦と銃』『墓頭《ボズ》』『しるしなきもの』『黄昏旅団』『夜の淵をひと廻り』『われらの世紀』などがある。

宝島《たからじま》(下)

真藤順丈《しんどうじゅんじょう》

2021年7月15日第1刷発行

発行者――鈴木章一

発行所――株式会社　講談社

東京都文京区音羽2-12-21　〒112-8001

電話　出版 (03) 5395-3510
　　　販売 (03) 5395-5817
　　　業務 (03) 5395-3615

Printed in Japan

講談社文庫

定価はカバーに
表示してあります

KODANSHA

デザイン―菊地信義

本文データ制作―講談社デジタル製作

印刷―――凸版印刷株式会社

製本―――株式会社国宝社

ISBN978-4-06-524374-9

講談社文庫刊行の辞

二十一世紀の到来を目睫に望みながら、われわれはいま、人類史上かつて例を見ない巨大な転換期をむかえようとしている。

世界も、日本も、激動の予兆に対する期待とおののきを内に蔵して、未知の時代に歩み入ろうとしている。このときにあたり、創業の人野間清治の「ナショナル・エデュケイター」への志を現代に甦らせようと意図して、われわれはここに古今の文芸作品はいうまでもなく、ひろく人文・社会・自然の諸科学から東西の名著を網羅する、新しい綜合文庫の発刊を決意した。

激動の転換期はまた断絶の時代である。われわれは戦後二十五年間の出版文化のありかたへの深い反省をこめて、この断絶の時代にあえて人間的な持続を求めようとする。いたずらに浮薄な商業主義のあだ花を追い求めることなく、長期にわたって良書に生命をあたえようとつとめるところにしか、今後の出版文化の真の繁栄はあり得ないと信じるからである。

同時にわれわれはこの綜合文庫の刊行を通じて、人文・社会・自然の諸科学が、結局人間の学にほかならないことを立証しようと願っている。かつて知識とは、「汝自身を知る」ことにつきていた。現代社会の瑣末な情報の氾濫のなかから、力強い知識の源泉を掘り起し、技術文明のただなかに、生きた人間の姿を復活させること。それこそわれわれの切なる希求である。

われわれは権威に盲従せず、俗流に媚びることなく、渾然一体となって日本の「草の根」をかたちづくる若く新しい世代の人々に、心をこめてこの新しい綜合文庫をおくり届けたい。それは知識の泉であるとともに感受性のふるさとであり、もっとも有機的に組織され、社会に開かれた万人のための大学をめざしている。大方の支援と協力を衷心より切望してやまない。

一九七一年七月

野間省一

講談社文庫 最新刊

真藤順丈
宝島（上）（下）
奪われた沖縄《ふるさと》を取り戻すため立ち上がる三人の幼馴染たち。直木賞始め三冠達成の傑作！

桃戸ハル 編・著
5分後に意外な結末
〈ベスト・セレクション　心震える赤の巻〉
シリーズ累計350万部突破！　電車で、学校で、たった5分で楽しめるショート・ショート傑作集！

濱嘉之
院内刑事《デカ》　シャドウ・ペイシェンツ
大病院で起きた患者なりすましは、いつしか四百人の機動隊とローリング族が闘う事態へ。

大山淳子
猫弁と星の王子
おかえり、百瀬《ももせ》弁護士！　今度の謎は赤ん坊と詐欺と死なない猫。大人気シリーズ最新刊！

武田綾乃
青い春を数えて
少女と大人の狭間《はざま》で揺れ動く5人の高校生。切実でリアルな感情を切り取った連作短編集。

朝倉宏景
あめつちのうた
甲子園のグラウンド整備を請け負う「阪神園芸《はんしんえんげい》」が舞台の、絶対に泣く青春×お仕事小説！

神楽坂淳
ありんす国の料理人1
吉原で料理屋を営む花凜《かりん》は、今日も花魁《おいらん》たちに美味しい食事を……。新シリーズ、スタート！

五木寛之
海を見ていたジョニー
〈新装版〉
ジャズを通じて深まっていったアメリカ兵と日本人の少年の絆《きずな》に、戦争が影を落とす。

創刊50周年新装版
都筑道夫
なめくじに聞いてみろ
〈新装版〉
奇想天外な武器を操る殺し屋たちvs.悪事に無縁の青年。本格推理《ミステリ》＋活劇《アクション》小説の最高峰！

鈴木大介 ギャングース・ファイル〈家のない少年たち〉
鈴木みき 日帰り登山のススメ〈あした、山へ行こう！〉
砂原浩太朗 いのちがけ〈加賀百万石の礎〉
瀬戸内寂聴 新寂庵説法 愛なくば
瀬戸内寂聴 人が好き［私の履歴書］
瀬戸内寂聴 白道
瀬戸内寂聴 寂聴相談室 人生道しるべ
瀬戸内寂聴 瀬戸内寂聴の源氏物語
瀬戸内寂聴 愛する能力
瀬戸内寂聴 藤壺
瀬戸内寂聴 生きることは愛すること
瀬戸内寂聴 寂聴と読む源氏物語
瀬戸内寂聴 月の輪草子
瀬戸内寂聴 新装版 寂庵説法
瀬戸内寂聴 死に支度
瀬戸内寂聴 新装版 蜜と毒
瀬戸内寂聴 新装版 花《か》怨《えん》
瀬戸内寂聴 新装版 祇園女御《ぎおんにょうご》(上)(下)
瀬戸内寂聴 新装版 かの子撩乱

瀬戸内寂聴 新装版 京まんだら(上)(下)
瀬戸内寂聴 いのち
瀬戸内寂聴 花のいのち
瀬戸内寂聴 ブルーダイヤモンド〈新装版〉
瀬戸内寂聴・訳 源氏物語 巻一《まきいち》
瀬戸内寂聴・訳 源氏物語 巻二《まきに》
瀬戸内寂聴・訳 源氏物語 巻三《まきさん》
瀬戸内寂聴・訳 源氏物語 巻四《まきし》
瀬戸内寂聴・訳 源氏物語 巻五《まきご》
瀬戸内寂聴・訳 源氏物語 巻六《まきろく》
瀬戸内寂聴・訳 源氏物語 巻七《まきしち》
瀬戸内寂聴・訳 源氏物語 巻八《まきはち》
瀬戸内寂聴・訳 源氏物語 巻九《まきく》
瀬戸内寂聴・訳 源氏物語 巻十《まきじゅう》
先崎学 先崎学の実況！盤外戦
妹尾河童 少年H(上)(下)
瀬尾まいこ 幸福な食卓
関原健夫 がん六回 人生全快
瀬川晶司 泣き虫しょったんの奇跡 完全版〈サラリーマンから将棋のプロへ〉

仙川環《たまき》 幸福の劇薬〈医者探偵・宇賀神晃〉
仙川環 偽装診療〈医者探偵・宇賀神晃〉
瀬木比呂志 黒い巨塔〈最高裁判所〉
瀬那和章 今日も君は、約束の旅に出る
曽野綾子 新装版 無名碑(上)(下)
三浦朱門 曽野綾子 夫婦のルール
蘇部健一 六枚のとんかつ
蘇部健一 六とん2
蘇部健一 届かぬ想い
曽根圭介 沈底魚
曽根圭介 藁《わら》にもすがる獣たち
曽根圭介 TATSUMAKI〈特命捜査対策室7係〉
田辺聖子 川柳でんでん太鼓
田辺聖子 ひねくれ一茶
田辺聖子 愛の幻滅(上)(下)
田辺聖子 うたかた
田辺聖子 春情蛸の足
田辺聖子 蝶花嬉遊図
田辺聖子 言い寄る

講談社文庫　目録

田辺聖子　私的生活
田辺聖子　苺をつぶしながら
田辺聖子　不機嫌な恋人
田辺聖子　女の日時計
谷川俊太郎訳　和田誠絵　マザー・グース　全四冊
立花隆　中核VS革マル(上)(下)
立花隆　日本共産党の研究　全三冊
立花隆　青春漂流
滝口康彦　粟田口の狂女〈レジェンド歴史時代小説〉
高杉良　労働貴族
高杉良　広報室沈黙す(上)(下)
高杉良　炎の経営者(上)(下)
高杉良　小説日本興業銀行　全五冊
高杉良　社長の器
高杉良　その人事に異議あり〈女性広報主任のジレンマ〉
高杉良　人事権!
高杉良　小説消費者金融〈クレジット社会の罠〉
高杉良　小説新巨大証券(上)(下)
高杉良　局長罷免―小説通産省

高杉良　首魁《しゅかい》の宴《うたげ》〈政官財腐敗の構図〉
高杉良　指名解雇
高杉良　燃ゆるとき
高杉良　挑戦つきることなし〈小説ヤマト運輸〉
高杉良　銀行大合併〈短編小説全集(上)〉
高杉良　エリートの反乱〈短編小説全集(中)〉
高杉良　金融腐蝕列島(上)(下)
高杉良　銀行大統合〈小説みずほFG〉
高杉良　勇気凜々
高杉良　混沌《こんとん》　新・金融腐蝕列島(上)(下)
高杉良　乱気流(上)(下)
高杉良　小説会社再建
高杉良　小説ザ・ゼネコン
高杉良　新装版懲戒解雇
高杉良　新装版大逆転!〈小説　三菱・第一銀行合併事件〉
高杉良　新装版バンダルの塔
高杉良　第四権力〈巨大メディアの罪〉
高杉良　巨大外資銀行
高杉良　最強の経営者〈アサヒビールを再生させた男〉

高杉良　リベンジ〈巨大外資銀行〉
高杉良　新装版会社蘇生
竹本健治　新装版匣《はこ》の中の失楽
竹本健治　囲碁殺人事件
竹本健治　将棋殺人事件
竹本健治　トランプ殺人事件
竹本健治　狂い壁狂い窓
竹本健治　涙《るい》香《こう》迷《めい》宮《きゅう》
竹本健治　新装版ウロボロスの偽書(上)(下)
竹本健治　ウロボロスの基礎論(上)(下)
竹本健治　ウロボロスの純正音律(上)(下)
高橋源一郎　日本文学盛衰史
高橋克彦　写楽殺人事件
高橋克彦　総門谷
高橋克彦　炎《ほむら》立つ　壱　北の埋み火
高橋克彦　炎立つ　弐　燃える北天
高橋克彦　炎立つ　参　空への炎
高橋克彦　炎立つ　四　冥き稲妻
高橋克彦　炎立つ　伍　光彩楽土〈全五巻〉

講談社文庫　目録

高橋克彦　火　怨〈北の燿星アテルイ〉(上)(下)
高橋克彦　水　壁〈アテルイを継ぐ男〉
高橋克彦　天を衝く(1)〜(3)
高橋克彦　風の陣　一　立志篇
高橋克彦　風の陣　二　大望篇
高橋克彦　風の陣　三　天命篇
高橋克彦　風の陣　四　風雲篇
高橋克彦　風の陣　五　裂心篇
髙樹のぶ子　オライオン飛行
田中芳樹　創竜伝1〈超能力四兄弟《ドラゴン》〉
田中芳樹　創竜伝2〈摩天楼の四兄弟《ドラゴン》〉
田中芳樹　創竜伝3〈逆襲の四兄弟《ドラゴン》〉
田中芳樹　創竜伝4〈四兄弟《ドラゴン》脱出行〉
田中芳樹　創竜伝5〈蜃気楼都市《ミラージュ・シティ》〉
田中芳樹　創竜伝6〈染血の夢《ブラッディ・ドリーム》〉
田中芳樹　創竜伝7〈黄土のドラゴン〉
田中芳樹　創竜伝8〈仙境のドラゴン〉
田中芳樹　創竜伝9〈妖世紀のドラゴン〉
田中芳樹　創竜伝10〈大英帝国最後の日〉

田中芳樹　創竜伝11〈銀月王伝奇〉
田中芳樹　創竜伝12〈竜王風雲録〉
田中芳樹　創竜伝13〈噴火列島〉
田中芳樹　魔　天　楼〈薬師寺涼子の怪奇事件簿〉
田中芳樹　東京ナイトメア〈薬師寺涼子の怪奇事件簿〉
田中芳樹　巴里《パリ》・妖都変〈薬師寺涼子の怪奇事件簿〉
田中芳樹　クレオパトラの葬送〈薬師寺涼子の怪奇事件簿〉
田中芳樹　黒蜘蛛島《ブラックスパイダー・アイランド》〈薬師寺涼子の怪奇事件簿〉
田中芳樹　夜　光　曲〈薬師寺涼子の怪奇事件簿〉
田中芳樹　魔境の女王陛下〈薬師寺涼子の怪奇事件簿〉
田中芳樹　タイタニア1〈疾風篇〉
田中芳樹　タイタニア2〈暴風篇〉
田中芳樹　タイタニア3〈旋風篇〉
田中芳樹　タイタニア4〈烈風篇〉
田中芳樹　タイタニア5〈凄風篇〉
田中芳樹　ラインの虜囚
田中芳樹　新・水滸後伝(上)(下)
田中芳樹／幸田露伴 原作　運　命〈二人の皇帝〉
田中芳樹／土屋守　「イギリス病」のすすめ

田中芳樹 文／皇名月 画・文ほか　中国帝王図
田中芳樹／赤城毅　中欧怪奇紀行
田中芳樹編訳　岳　飛　伝(一)〈青雲篇〉
田中芳樹編訳　岳　飛　伝(二)〈烽火篇〉
田中芳樹編訳　岳　飛　伝(三)〈風塵篇〉
田中芳樹編訳　岳　飛　伝(四)〈悲曲篇〉
田中芳樹編訳　岳　飛　伝(五)〈凱歌篇〉
高田文夫　TOKYO芸能帖〈1981年のビートたけし〉
髙村薫　李歐《りおう》
髙村薫　マークスの山(上)(下)
髙村薫　照　柿(上)(下)
多和田葉子　犬　婿　入　り
多和田葉子　尼僧とキューピッドの弓
多和田葉子　献　灯　使
高田崇史　QED〈百人一首の呪《しゅ》〉
高田崇史　QED〈六歌仙の暗号〉
高田崇史　QED〈ベイカー街の問題〉
高田崇史　QED〈東照宮の怨〉
高田崇史　QED〈式の密室〉

講談社文庫　目録

高田崇史　QED〈竹取伝説〉
高田崇史　QED〈龍馬暗殺〉
高田崇史　QED ～ventus～〈鎌倉の闇〉
高田崇史　QED〈鬼の城伝説〉
高田崇史　QED ～ventus～〈熊野の残照〉
高田崇史　QED〈神器封殺〉
高田崇史　QED ～ventus～〈御霊将門〉
高田崇史　QED ～flumen～〈九段坂の春〉
高田崇史　QED〈諏訪の神霊〉
高田崇史　QED〈出雲神伝説〉
高田崇史　QED〈伊勢の曙光《あけぼの》〉
高田崇史　QED ～flumen～〈ホームズの真実〉
高田崇史　毒草師〈QED Another Story〉
高田崇史　QED〈～flumen～月夜見〉
高田崇史　QED〈～ortus～白山の頻闇〉
高田崇史　試験に出るパズル〈千葉千波の事件日記〉
高田崇史　試験に敗けない密室〈千葉千波の事件日記〉
高田崇史　試験に出ないパズル〈千葉千波の事件日記〉
高田崇史　パズル自由自在〈千葉千波の事件日記〉

高田崇史　化けて出る〈千葉千波の怪奇日記〉
高田崇史　麿の酩酊事件簿〈花に舞〉
高田崇史　麿の酩酊事件簿〈月に酔〉
高田崇史　クリスマス緊急指令〈～きよしこの夜、事件は起こる！～〉
高田崇史　カンナ　飛鳥の光臨
高田崇史　カンナ　天草の神兵
高田崇史　カンナ　吉野の暗闘
高田崇史　カンナ　奥州の覇者
高田崇史　カンナ　戸隠の殺皆
高田崇史　カンナ　鎌倉の血陣
高田崇史　カンナ　天満の葬列
高田崇史　カンナ　出雲の顕在
高田崇史　カンナ　京都の霊前
高田崇史　軍神の血脈〈楠木正成秘伝〉
高田崇史　神の時空《とき》　鎌倉の地龍
高田崇史　神の時空　倭《やまと》の水霊
高田崇史　神の時空　貴船の沢鬼
高田崇史　神の時空　三輪《みわ》の山祇《やまつみ》
高田崇史　神の時空　嚴島《いつくしま》の烈風

高田崇史　神の時空　伏見稲荷の轟雷
高田崇史　神の時空　五色不動の猛火
高田崇史　神の時空　京の天命
高田崇史　神の時空　前紀〈女神の功罪〉
高田崇史　鬼棲む国、出雲〈古事記異聞〉
高田崇史　オロチの郷、奥出雲〈古事記異聞〉
団　鬼六　悦楽王〈鬼プロ繁盛記〉
高野和明　13階段
高野和明　グレイヴディッガー
高野和明　K・Nの悲劇
高野和明　6時間後に君は死ぬ
大道珠貴　ショッキングピンク
高木　徹　ドキュメント 戦争広告代理店〈情報操作とボスニア紛争〉
田中啓文　件《くだん》〈もの言う牛〉
高嶋哲夫　メルトダウン
高嶋哲夫　命の遺伝子
高嶋哲夫　首都感染
高野秀行　西南シルクロードは密林に消える
高野秀行　怪獣記

講談社文庫　目録

高野秀行　アジア未知動物紀行　ベトナム・奄美・アフガニスタン
高野秀行　イスラム飲酒紀行
高野秀行　移民の宴〈日本に移り住んだ外国人の不思議な食生活〉
高野秀行・角幡唯介　地図のない場所で眠りたい
田牧大和　花合せ〈濱次お役者双六〉
田牧大和　質草破り〈濱次お役者双六　二ます目〉
田牧大和　翔ぶ梅〈濱次お役者双六　三ます目〉
田牧大和　半可心中〈濱次お役者双六〉
田牧大和　長屋狂言〈濱次お役者双六〉
田牧大和　錠前破り、銀太
田牧大和　錠前破り、銀太　紅蜆《べにしじみ》
田牧大和　錠前破り、銀太　首魁《しゅかい》
田牧大和　大福三つ巴〈宝来堂うまいもん番付〉
高殿　円　メサイア〈警備局特別公安五係〉
高野史緒　カラマーゾフの妹
高野史緒　翼竜館の宝石商人
瀧本哲史　僕は君たちに武器を配りたい〈エッセンシャル版〉
竹吉優輔　襲名犯
高田大介　図書館の魔女　第一巻　第二巻
高田大介　図書館の魔女　第三巻　第四巻
高田大介　図書館の魔女　烏《からす》の伝言《つてこと》(上)(下)
大門剛明　反撃のスイッチ
大門剛明　完全無罪
大門剛明　死刑評決〈「完全無罪」シリーズ〉
橘　もも　OVER DRIVE《オーバードライブ》
橘もも 著　沖田×華 原作　安達奈緒子 脚本　小説　透明なゆりかご(上)(下)
橘もも 著　ヤマシタトモコ 原作　相沢友子 脚本　さんかく窓の外側は夜〈映画版ノベライズ〉
滝口悠生　愛と人生
高山文彦　ふたり〈皇后美智子と石牟礼道子〉
瀧羽麻子　サンティアゴの東　渋谷の西
高橋弘希　日曜日《サンデー》の人々《ピープル》
陳　舜臣　中国五千年(上)(下)
陳　舜臣　中国の歴史　全七冊
陳　舜臣　小説十八史略　全六冊
千早　茜　森の家
千野隆司　大店の暖簾《のれん》〈下り酒一番〉
千野隆司　分家の始末〈下り酒一番(二)〉
千野隆司　献上の祝酒〈下り酒一番(三)〉
千野隆司　大《おお》酒《ざけ》の合戦〈下り酒一番(四)〉
千野隆司　銘酒の真贋〈下り酒一番(五)〉
千野隆司　追跡
知《ち》野《の》みさき　江戸は浅草
知野みさき　江戸は浅草2〈盗人探し〉
知野みさき　江戸は浅草3〈桃と桜〉
崔《チェ》　実《シル》　ジニのパズル
筒井康隆　創作の極意と掟
筒井康隆　読書の極意と掟
筒井康隆 ほか12名　名探偵登場！
都筑道夫　夢幻地獄四十八景
土屋隆夫　影の告発
辻村深月　冷たい校舎の時は止まる(上)(下)
辻村深月　子どもたちは夜と遊ぶ(上)(下)
辻村深月　凍りのくじら
辻村深月　ぼくのメジャースプーン
辻村深月　スロウハイツの神様(上)(下)
辻村深月　名前探しの放課後(上)(下)
辻村深月　ロードムービー

講談社文庫　目録

中井英夫　新装版 虚無への供物(上)(下)
中島らも　僕にはわからない
中島らも　今夜、すべてのバーで〈新装版〉
鳴海　章　フェイスブレイカー
鳴海　章　謀略航路
鳴海　章　全能兵器AiCO《アイコ》
中嶋博行　ホカベン ボクたちの正義
中嶋博行　新装版 検察捜査
中嶋博行　新検察捜査
中村天風　運命を拓く〈天風瞑想録〉
中山康樹　ジョン・レノンから始まるロック名盤
梨屋アリエ　でりばりぃAge
梨屋アリエ　ピアニッシシモ
中島京子　妻が椎茸だったころ
中島京子ほか　黒い結婚　白い結婚
奈須きのこ　空の境界(上)(中)(下)
中村彰彦　乱世の名将　治世の名臣
長野まゆみ　簞笥のなか
長野まゆみ　レモンタルト

長野まゆみ　チマチマ記
長野まゆみ　冥途あり
長野まゆみ　45°〈ここだけの話〉
長嶋　有　夕子ちゃんの近道
長嶋　有　佐渡の三人
永嶋恵美　擬態
永井　均　内田かずひろ 絵　子どものための哲学対話
なかにし礼　戦場のニーナ
なかにし礼　生きる力〈心でがんに克《か》つ〉
なかにし礼　夜の歌(上)(下)
中村文則　最後の命
中村文則　悪と仮面のルール
中田整一 編/解説　真珠湾攻撃総隊長の回想〈淵田美津雄自叙伝〉
中田整一　四月七日の桜〈戦艦「大和」と伊藤整一の最期〉
中村江里子　女四世代、ひとつ屋根の下
中野美代子　カスティリオーネの庭
中野孝次　すらすら読める方丈記
中野孝次　すらすら読める徒然草
中山七里　贖罪の奏鳴曲《ソナタ》

中山七里　追憶の夜想曲《ノクターン》
中山七里　恩讐の鎮魂曲《レクイエム》
中山七里　悪徳の輪舞曲《ロンド》
長島有里枝　背中の記憶
長浦　京　赤刃《セキジン》
長浦　京　リボルバー・リリー
中脇初枝　世界の果てのこどもたち
中脇初枝　神の島のこどもたち
中村ふみ　天空の翼　地上の星
中村ふみ　砂の城　風の姫
中村ふみ　月の都　海の果て
中村ふみ　雪の王　光の剣
中村ふみ　永遠《とわ》の旅人　天地の理《ことわり》
中村ふみ　大地の宝玉　黒翼《こくよく》の夢
夏原エヰジ　Cocoon〈修羅の目覚め〉
夏原エヰジ　Cocoon2〈蠱惑の焔〉
夏原エヰジ　Cocoon3〈幽世の祈り〉
夏原エヰジ　Cocoon4〈宿縁の大樹〉
西村京太郎　華麗なる誘拐

講談社文庫　目録

2021年6月15日現在